TAKE
SHOBO

あなたのシンデレラ

若社長の強引なエスコート

水城のあ

ILLUSTRATION
羽柴みず

MITSU
YUME

あなたのシンデレラ
若社長の強引なエスコート

CONTENTS

MITSU YUME

イラスト／羽柴みず

あなたのシンデレラ

若社長の強引なエスコート

chap. 1 めぐり逢い

蒔田咲希《まきたさき》が勤める『フルラージュ』は、外苑前から青山一丁目に抜ける大通りに面して建っていた。

フルラージュは関東を中心にチェーン展開をしている生花の小売店で、立地によって店のイメージが違うことで有名だ。

咲希が副店長を勤める青山店はフランスのマルシェをイメージしたディスプレイで、店先いっぱいに飾られた花は、買うつもりがない人も思わず目を奪われて足を止めてしまうほど華やかだった。

たっぷりと水あげされた季節の花はバケツに入れられた後、ディスプレイ用の木箱に並べられる。そうすることで、ただバケツに入れて並べているよりも見栄えがいい。

間仕切りのある底の浅い木箱には、手頃な値段のアレンジメントフラワーや季節のリース、小さめのブーケがギュッと詰め込まれ斜めに立てかけられている。

店頭に飾られた色とりどりの花は、真冬でもそこだけ季節が違うような華やかさのうえ、青山霊園に近いこともあり、季節を問わず客足が途切れることはない。

咲希がこの青山店で働き出したのは、一年ほど前からだった。

高校卒業後、園芸専門学校に二年通い、そのままフルラージュに入社した。研修の為にいくつかの店舗を回り、都内の別の店舗でしばらく働いた後、青山店のオープンにあわせて異動となったのだ。

当時、入社二年目の咲希が副店長に指名されるのは異例で、大抜擢《だいばってき》と言ってもいい人事だった。

店長である細井《ほそい》千春《ちはる》は研修時代に回った店の先輩で、咲希よりも十歳ほど年上である。研修時代の咲希の仕事ぶりを見て目をかけていてくれたらしく、千春から指名をしてくれた。

千春と一緒に作り上げたこの店は、咲希の城と言ってもいいほど愛着があり、休みの日でも店のことばかり気になってしまう。

すでに結婚をして一児の母である千春からは、そんなことではいつまでたっても結婚できないと笑われてしまうほど、店と仕事が好きだった。

「咲希ちゃん、明日の発注確認お願いね」

午後の混雑時間を終え、遅めの昼食から戻ってきた咲希に、千春が店先から声をかけた。

青山店の売り上げの半分は、青山霊園に献花をする人で占められている。有名な作家や役者の墓があるため、家族だけでなく、そのファンもフルラージュをよく利用していた。

献花となると、ある程度人気のある花が決まっていて、定番の花はパソコンから本部に発注をかける。その他季節の花やお客様からの特別な注文に関しては、千春と咲希が市場で購入する事になっていた。

このパソコンからの発注が導入されたのは咲希が入社する前年からだそうで、千春が若手の頃は、毎朝市場で大量の花を購入するのが大変だったそうだ。

いかに廃棄を少なくするかが発注の腕の見せ所で、カレンダーと週間天気予報を確認しながら頭を悩ませる。

これぱかりは他の店員やアルバイトの子に任せるわけにいかないので、千春と交代でこなす大切な仕事だった。

花屋に勤めていると言うと「夢があって素敵な仕事」などと言われるが、実際のところ発注や売上管理など雑務が多い。

それに季節に関係なく水仕事をしているわけだから、どんなに気を使っても手が荒れるし、好きでなければ続けられない仕事だ。

咲希がしばらくパソコンとにらめっこをしていると、千春が店の奥に駆け込んできて、咲希を呼んだ。

「咲希ちゃん、またあのお客様いらしてるわよ」

少し含みのある言い方に、咲希は視線をあげて店先を見た。

そこにはスーツをすっきりと着こなした背の高い男性が立っていて、店頭の切り花のバケツをのぞき込んでいた。

「ほら、ご指名でしょ！」

「ち、違いますって！」

千春のからかうような言葉に咲希が赤くなったとき、視線に気づいたのか男性がこちらを見た。

「い、いらっしゃいませ」

咲希は弾かれたようにイスから立ち上がると、早足で男性に近づいた。

「東條《とうじょう》様、今日はなにをお求めですか？」

まだ顔が赤い気がして、咲希は伏し目がちに男性に声をかけた。

彼は二ヶ月ほど前からこの店にやってくるようになった客で、取引先への贈り物としてフルラージュをよく利用してくれる。

東條が初めて店に来たのは、雨の日だった。

数日前に青山霊園の桜が満開を迎えていたので、きっと花散らしの雨になってしまうだろう、そう思いながら店先から空を見上げていた。

春の雨は冷たくて、少し寂しい。天気予報では今日一日降り続くと言っていたから、客足も望めない。咲希がもう一度雨雲を見上げ、恨めしく思いながら店の中に踵《きびす》を返そうとした時だった。

目の前がスッと暗くなって、それが人影だと気づく。

「あ……いらっしゃいませ」

会社員風の男性の姿に、咲希は慌てて笑顔を作った。男性は硬い表情で小さく会釈をしながら傘を閉じ、店先に張り出したテントの中に入ってきた。

仕立てのいい濃紺のスーツの袖口やパンツの裾が雨に濡《ぬ》れていて、まるでそのことに苛ついているように見える。

なんとなく不機嫌な空気をまとった男性を不思議に思いながら、咲希は手を差し出した。

「どうぞ、こちらで傘をお預かりしますね」

まだ滴がしたたる傘を預かると、軽く水を切って傘立てに入れる。それから棚の中から洗い立てのタオルを取りだして、男性に差し出した。

Tulipa
Angelique
¥300~

「よろしければ使ってください」

咲希がにっこりと微笑むと、男性は少し驚いたような顔をして、それから少し口元を緩めてタオルを受け取った。

「……ありがとう」

男性はタオルで雨粒を拭き取ると、咲希にタオルを返してくる。

「今日は、なにをお探しですか？」

先ほどから不機嫌で居心地が悪そうに見えるのは、もしかして花屋という空間に慣れていないからだろうか。

人にもよるけれど、男性の方が花を買う習慣がない人が多いし、自分で花を買った経験がないという客が来店をすることもある。

彼もそういうタイプなのかもしれない。咲希はそう考えながら、もう一度彼の身なりに目をとめた。

店に入ってきたときも、背の高い男性だと思ったけれど、身につけているスーツは身体に馴染《なじ》んでいて、そのスタイルの良さを際立たせている。オーダーメイドなのかもしれない。

よく磨かれた革靴は雨を弾き、つま先のあたりで丸い粒になっていて、彼が身なりに気を遣う余裕がある人なのだと見て取れた。

わざわざ雨の中足を運んできたのだから大切な人、女性へのプレゼントなのかもしれない。

「ご予算などはお決まりですか？」

最初に予算を聞いておくと、こちらからも提案しやすい。咲希の言葉に、男性は少し考えるようにしてから口を開いた。

「知り合いのイタリアンレストランの開店祝いなんだけど、外に飾るスタンドではなく、店の中に飾れるように花籠にして欲しいそうだ。店の方に行く時間がなくて、お祝い金の代わりに贈るものだから豪華にしてくれてかまわないよ。その代わり、店に届けて設置までお願いしたい」

続けて彼が口にした金額は、相場の倍を軽く超えていた。

もちろんアレンジメントをする側にすれば予算に余裕があるのはありがたいけれど、あまりにも金額が違いすぎて少し驚いてしまう。彼は花を注文したことがないのだろう。

咲希は店の規模やイメージ、希望のサイズなどをいくつか確認して情報をまとめる。

「お届け日は？」

「来週の木曜日だ。住所はここ」

渡された店の住所は同じ区内で、店からの配送区域内だ。

「かしこまりました。当日お届け前に確認をされますか？　ご希望でしたら、お届け前にメールでお写真をお送りすることも出来ますが」

「へえ。そんなサービスがあるんだ」

「はい。最近はネットでなんでも注文できるようになった分、配送後のトラブルも多いそうなんです。ですからご希望のお客様には無料で写真をお送りしているんです」

実際よく聞くのは、ネットで注文して、届いたら〝写真と違う〟というパターンだ。フルラージュでは店頭注文で配送を希望のお客様にも、実物の写真を送るサービスを行っている。

「じゃあ、お願いしよう。メールはここに。送り主の欄には社名と僕の名前を入れてくれるかな」

そう言って名刺を一枚差し出した。

「はい。お預かりします。お支払いはどうなさいますか？」

「カードでかまわない？」

「はい。伝票を作りますので少々お待ちください」

咲希は先ほどの会話の内容を考慮して料金を計算すると、伝票に金額を記入して男性に差し出した。

「君、これじゃ安すぎる。予算は気にしなくてもいいと言っただろう」

男性は少しがっかりしたような顔をして咲希に伝票を返そうとする。

「あ、あの……」

一瞬言いよどんで、思い切って言葉を続けた。

「お客様、もしかしてご自分でお花を注文されるのは初めてではないでしょうか？」

咲希の言葉に、男性が訝《いぶか》るように首を傾げる。

「予算を多く取っていただけるのはありがたいんですが、花にも相場の値段があります。予算内で十分豪華できちんとしたものをお作りできますし、それよりも多くいただくことは出来ません」

きっぱりとした言葉に、男性は咲希に驚いたような視線を向けた。

「……黙ってこちらの提示した金額を受け取った方が、店にとっても利益になるじゃないか」

「え？」

そんなことを考えたこともなかった咲希は、なぜ彼がそんなことを言うのかわからずただその顔を見つめ返した。

「そう思わなかった?」

「……ああ。そういう考え方もあるんですね」

再び問いかけられて、やっと意味を理解した咲希は小刻みに何度か頷《うなず》いた。

「でも、それってお客様に不利益になりますよね。出来れば贈られる方だけじゃなく、贈る方にも満足していただきたいんです。当日仕上がりをごらん頂いて、もしご満足いただけないようでしたら私が責任を持って対応させていただきますので」

「……」

咲希の言葉を聞いた男性は、なぜか少したじろいだように眉間に皺《しわ》を寄せる。まるで知らない国の言葉を聞いて理解できないという、苛立ったような視線だ。

もしかしてお客様の言葉に反論などしたから、怒ってしまったのだろうか。咲希が不安になり、謝罪の言葉を口にしようとしたときだった。

「けっこうだ」

「……え?」

「それでかまわないと言ったんだ。この伝票の金額でカードを切ってくれてかまわない」

「あ、ありがとうございます」

クレジットカードを受け取り、急いで会計処理をする。

「お待たせいたしました」

咲希から領収書とカードを受け取ると、それを内ポケットにしまいながら、男性がちらりと咲希に視線を向けた。

「ありがとう。助かったよ」

男性がフッと笑った瞬間、突然心臓がドキリと大きな音を立てて、勝手に駆け足でも始めたようにスピードをあげた。

店に入ってきたときは少し不機嫌で近寄りがたいとすら感じたのに、今店を出て行こうとしている男性は、唇に笑みを浮かべて咲希から濡れた傘を受けとり、店に入ってきたときとは全く雰囲気が違っていた。

「ありがとうございました！」

そう見送った時には、素敵な人だったという印象だけが咲希の中に残った。

すぐに休憩から戻ってきた千春は、男性の名刺を見て驚いたように声を大きくした。

「東條メディカルサポート代表ってことは、社長ってことでしょ⁉」

「あ、ホントですね」

確かに、名刺には代表、東條拓海《たくみ》と印刷されている。

千春にそう言われるまで、咲希は不覚にも彼の名前と送り先の住所のことしか気にしていなかったのだ。

「もう、咲希ちゃん！　もうちょっと商売っ気を出してよ。大きな会社なら、これからもうちをご贔屓《ひいき》にしてもらおうとかさ」

「……すみません」

「どれどれ～」

千春が名刺を手にパソコンで検索をかけると、すぐに東條の会社のホームページがヒットする。

「へえ、医療コンサルティングねぇ……」

「それって、なにをする会社なんですか？」

聞いたことのない業種に、咲希は首を傾げながらパソコンのディスプレイをのぞき込んだ。

「簡単に言うと、お医者様を探している病院に優秀な人を斡旋したり、病院の経営管理のお手伝いをしたりって感じかしら。結構手広くやってる会社みたいね」

千春の説明はわかりやすかったけれど、コンサルタントなんてあまり身近にいる存在ではなかったから、いまいちピンとこない。

「いくつぐらいの方？」

「三十代前半ぐらい……かな？」

そう答えながら、東條の顔を思い浮かべる。

確かに、普通のサラリーマンとは違う雰囲気の男性だった。仕草が洗練されているというか、上品と言えばいいのだろうか。

「すごいじゃない！　その歳でこの規模の会社の社長なんて。とりあえずリピーターになってくれると嬉《うれ》しいんだけどなぁ」

その言葉に、咲希も頷いた。

立地にもよるけれど、花屋はやはりリピーターによる売り上げが重要になってくる。特に青山店は霊園に墓石を持つ家族に支えられているが、逆に繁華街では、贈り物のスタンド花の発注が店の売り上げの中心になるというパターンもあるのだ。

彼のような大きな企業の代表者が仕事の贈り物として頻繁に利用してくれれば、それだけで売り上げも変わってくるだろう。

「どう？　次も頼んでくれそうな雰囲気だった？」

「うーん……どうでしょう」

「そういうときは接客の時にさり気なくお客様の様子を聞き出して、こちらから営業しなくちゃダメよ」

「……すみません」

お客様の気持ちや要望をくみ取って花を勧めるということならいくらでもできるのに、営業的な接客となると咲希はからっきし素人のようなものだった。

頭では店の売り上げのために、頑張らなくてはいけないとわかっているのだが、どうやってお客様を誘導すればいいのかわからない。

素直に頭を下げる咲希に、千春は励ますように言った。

「まあ、咲希ちゃんはその商売っ気のなさがお客様に好感を持たれるんだろうけど」

一見《いちげん》のお客様のようだったたし、もう来店しないのではないだろうか。内心そう思ったけれど、千春は期待しているようだし、口にしないでおくことにした。

しかし咲希の予想は外れ、それから十日ほどして、東條は再びフルラージュに姿を見せ、月に二、三度のペースで通ってくるようになった。そして咲希がたまたま最初に接客をしただけなのに、いつの間にか担当者のようになってしまったのだ。

「だってあの人、咲希ちゃんがいるときしかこないのよ。絶対咲希ちゃん目当てだって」

「ま、まさか……」

そう言いつつも、東條が来店するのを楽しみにしている自分もいた。

彼と話をしていると、なんだか十代の頃に戻ったような、胸が膨らむようなはしゃいだ気分になる。

憧れの先輩を見てわくわくする、そんな気持ちだ。

不謹慎かもしれないが、少しときめくぐらいは許されるだろう。


「蒔田さん」

咲希に気づいた瞬間、東條の顔がパッと明るくなる。咲希は心臓がドキリと音をたてるのを感じながら話しかけた。

「東條様、今日はなにをお探しですか？」

「取引先のお嬢さんの誕生祝いなんだけど……アレンジメントで届けてもらえるかな」

唇に上品な笑みを浮かべる東條は、誰が見ても素敵な紳士だ。

それに背が高くスタイルがいい。全体的に細身に見えるのだが、肩幅がしっかりとしているせいか、バランスがとれているのだ。特に背中のラインがキレイで、花を選んでいるときなどにふと後ろ姿を目にすると、見とれてしまいそうになる。

男性の後ろ姿を素敵だと思うなんて初めてで、これは千春にも言えない咲希だけの秘密だった。

「かしこまりました。お嬢様はおいくつぐらいの方ですか？」

「来年大学受験だって言っていたから、十七、八かな」

「若いお嬢様なら、薔薇《ばら》をメインにされたらいかがでしょう。若い方は、みなさん一度は薔薇の花束をもらってみたいと憧れますから」

咲希は店内のガラスケースの中の淡いピンクの薔薇を指してみせる。

ガラスケースは冷蔵庫になっていて、特に値段が高い花はこうして鮮度を保っているのだ。

「ピンクの薔薇の花言葉は、上品や気品、それから暖かい心。若いお嬢様にぴったりの前向きな言葉が多いんです」

東條は少し思案するようにガラスケースの中を見つめ、それからゆっくりと頷いた。

「なるほどね。じゃあ薔薇を中心にお願いしよう」

「かしこまりました。ではお届け日を……」

咲希がいつもの手順で注文票を記入しようとしたときだった。

「君はどうなの？」

「え？」

質問の意味がわからず首を傾げると、東條は唇に甘い笑みを滲ませながら咲希を見つめた。

「蒔田さんも、やっぱり薔薇の花束をもらうと嬉しいのかな？」

「わ、私、ですか？」

「ああ。だって、蒔田さんも十分若いお嬢さんの部類だろ？」

からかうような言葉の中に甘い空気が混じっているような気がして、咲希は慌てて目を伏せた。

そうしなければ、東條の微笑に魅了されて、なにも言えなくなりそうだったからだ。

「それは……やっぱり嬉しいですけど……」

まだそんなプレゼントをくれるような人に出会えていないけれど、やっぱり憧れはある。

でも一方で、平凡な自分には、そんなドラマティックなことが起きるはずがないというのもわかっていた。

「へえ。もしかして、そんなプレゼントを贈ってくれる人がいるのかな」

探るような言い回しに、鼓動がまた少し速くなる。どうしてただの花屋の店員である自分にそんなことを聞くのだろう。

「い、いないですよ……っ」

咲希は慌てて、伝票を探すふりをして東條に背を向けた。

これが東條以外の男性客だったら、自分に興味を持ってくれているのではないかと、少しは期待したかもしれない。

でもさすがに東條と自分では身分というか、格が違いすぎる。彼ぐらい素敵な人なら、自分になど声をかけなくても、普段から周りに素敵な女性がたくさんいそうな気がした。

東條も雑談のつもりで口にしたのだろう。いつものように送り状に記入をして支払いを済ませると、それ以上はこの話題に触れず店の外に待たせていた車に乗り込んで行った。

咲希は走り去る車を見送ると、発注の締め切り時間が近づいていることを思い出し、慌てて店の中に駆け込んだ。


咲希が花を扱う仕事がしてみたいと思ったのは、小学二年生の時だった。

看護師をしながら女手ひとつで咲希を育ててくれていた母、智子《ともこ》が突然倒れ、入院をしたときだ。

父は咲希が生まれる前に他界したとだけ聞かされており、頼れる身寄りと言えば母の妹である由良子《ゆらこ》だけで、その頃結婚したばかりの由良子の家から毎日母の病院に通った。

当時は知らなかったが、母の病気は癌《がん》で、まだ若かったこともあり進行が早く、子どもの目でもわかるほど日に日にやつれていった。

毎日面会時間が終わると母と別れるのが辛くて、明日はもっと母が弱っているのではないかと考えて、早く朝になって母に会いたいのに、朝がくるのが怖かった。

咲希はなんとか母を元気づけたいと考えていたが、あるときふと母の病室が寂しいことに気づいた。

日々の見舞い客と言えば咲希か叔母夫婦だけで、あとは時折看護師の同僚が病室を訪ねてくる程度だ。

それに比べて同室の他の患者は家族や友人が頻繁に訪れているようで、ベッドのそばに置かれた個人の棚の上には、色鮮やかな花が飾られている。

どうして気づかなかったのだろう。

咲希はその日家に帰ると、保育園の頃から少しずつ貯めていた貯金箱を取り出した。貯めたといっても母の手伝いをして十円、二十円ともらった小銭ばかりで、それを集めても大した金額ではない。

それをかき集めて小さな巾着袋に入れると、翌日、病院へ行く途中の商店街にある小さな花屋に走った。

そこは老夫婦と娘が営む小さな花屋で、咲希が現在勤めているフルラージュに比べると、花の種類も少なく、実にこぢんまりとした店だった。

花の値段など知らなかった咲希は、その巾着からたくさんの小銭を取り出して店主に差し出した。

「これで花束を作ってください」

記憶にはないけれど、小銭ばかりを差し出された店主は、相当困った顔をしていたのではないだろうか。

「誰にプレゼントするの？」

「お母さんが入院してるの。早く元気になってもらえるようにプレゼントするの」

その言葉に店主は咲希が差し出したお金には見合わない、立派な花束を作って送り出してくれたのだ。

咲希が持って行った花を見て驚いた母から事情を聞かれ、後になってその店の店主の親切を知った。

今思えばなにも知らなかった自分が恥ずかしくて仕方がないが、あの時花束を持って病院へ向かうとき感じた自分の中の高揚感や、母の驚いたあとに見せた笑顔は本物で、いつまでも咲希の心に大切な思い出として残った。

自分もたくさんの人にそんな気持ちを味わってほしい。人を幸せにしてあげられる仕事をしたいと思ったのだ。

実際には綺麗《きれい》な部分などほとんどない、肉体労働がメインの仕事だけれど、それでも咲希は店から送り出すときにお客様がみせてくれる笑顔を楽しみにこの仕事を続けている。

その日、店にはしばらくぶりに東條が姿を見せていて、いつものように花の注文を受けていた。

「いつもありがとうございます。取引先のみなさんの記念日ごとにお花を用意するなんて、大変ですね。私だったら忘れてしまいそう」

「まあね。秘書が管理してくれているから僕は注文をするだけなんだ」

「だったら……毎回ご足労いただかなくても、お電話いただければこちらで手配いたしますよ？　売り掛けで請求書をお送りすることもできますから」

考えてみれば大きな会社の社長なのだから、花の手配など最初から秘書に任せてもよさそうなものだ。

東條と話をするのは楽しかったから、それがなくなるのは少し寂しいけれど、彼のことを考えればそう勧めるのは当然だった。

咲希は親切のつもりでそう口にした。ところが東條は、なぜか顔を曇らせる。

「蒔田さんはそうやって男を排除するタイプ？　僕はこうやって君と話をするのが、気分転換になって楽しいんだけどな」

「え？」

咲希が驚きで目を見張るのを見て、東條は唇をゆっくりと歪《ゆが》めて微笑んだ。まるで咲希の反応を楽しんでいるようだ。

「あ、あの……」

自分がなにを言おうとしているかもわからないまま、口を開きかけたときだった。

店先に小さな男の子の姿を見つけて、咲希は東條の後ろから身を乗り出した。

「いらっしゃいませ」

小学校低学年ぐらいの男の子で、慣れない店の雰囲気に緊張しているのか、視線がひっきりなしにあちこちに動く。

その様子がかわいそうになり、咲希は東條に断りを入れてから、その子と視線を合わせるようにしゃがみ込んだ。

「ひとりでおつかいにきたの？」

フルラージュのある通り自体はビルや店舗が建ち並びあまり生活感がないけれど、一本裏道へ入ると昔ながらの住宅や古いマンションも多い。

昭和四十年代の第一次マンションブームに建てられたマンション群で、最近はリノベーションされ、ヴィンテージマンションなどと呼ばれ人気がある。

実はファミリー層も多く、平日の昼間など、子どもを連れた母親の来店も少なくなかった。

きっとこの辺りに住んでいる子どもで、母親におつかいを頼まれたのだろう。

咲希は男の子を安心させるように笑顔を浮かべると、もう一度優しく尋ねた。

「なにが欲しいのかな？　教えてくれる？」

すると男の子はぎゅっと握りしめていた拳を咲希の前に出すと、それをゆっくりと開いて見せた。

「……お花、ください」

手の中には何枚かの百円玉と十円玉がのせられていて、咲希は自分の子どもの時の出来事を思い出して胸が苦しくなった。

「誰に、プレゼントするの？」

この子も自分と同じ境遇なのだろうか。そう考えたら胸が締め付けられて、鼓動が速くなっていく。

その答えを聞きたくない気がして、緊張で身体を硬くした。

「ママ。今日、赤ちゃんと一緒におうちに帰ってくるんだ。だから」

「……そう、赤ちゃんが産まれたのね」

咲希は内心ホッとしながら、男の子の言葉に頷いて見せた。

「あのね、お外にあるお花。あれいくら？」

指さした先には、通りすがりの客の目を引くように作られた華やかなブーケがある。色鮮やかで目立つけれど、店頭に置くと花は傷みやすいことも考えて、あまり原価は高くない。

あれぐらいなら、咲希が自分で買い取りをしても問題ないだろう。そう思い立ち上がりかけたとき、一瞬早く東條が咲希の脇を通り抜けた。

「あ……」

東條はブーケをひとつ取り上げると、身をかがめて男の子の顔をのぞき込む。

「これは高いぞ？　お小遣いで足りるかな？」

「大丈夫だよ！　僕、ママのためにカードゲームも我慢したんだ」

からかうような言葉に、男の子はむきになって手のひらの上のお金を見せた。

「へえ、お金持ちだね。それなら大丈夫だ」

東條は男の子の手のひらから百円玉をふたつ取ると、その代わりに手にしていたブーケを手渡した。

その対応に、さすがの男の子もきょとんとして、ブーケと咲希の顔を何度も見比べる。

「いいのよ。今日はママと赤ちゃんが帰ってくるお祝いでしょう？　特別大サービス。そうだ！　ちょっと待っててね」

咲希は二人を残して店の奥に行くと、大急ぎで戻ってきた。

「これ、メッセージカード。ママと赤ちゃんにお手紙を書いてあげたらもっと喜んでくれると思うよ」

そう言いながら、小さな薔薇の花が描かれたカードとピンクの封筒を差し出した。

男の子はまだ戸惑っているようだったけれど、咲希が安心させるように笑いかけると、ブーケを抱えなおしながらカードを手に取った。

「ありがとうございます！」

小さな身体をぺこりと折り曲げ、店の外に駆けだしたその姿に、咲希はホッとしてため息を漏らした。

「悪かったね。勝手なまねをして」

その言葉に、咲希は慌てて振り返った。

「と、とんでもないです。東條様、ありがとうございました」

物腰こそ柔らかいけれど、バリバリのビジネスマンという雰囲気の東條が、あんなふうに子どもに優しく接する一面を見られるなんて、なんだか得をした気分だ。

すると東條が少し困ったように目を細めた。

「その東條様っていうの、やめてくれないかな。なんだかくすぐったくて。せめてさん付けとかさ」

「あ……はい」

頷いては見たものの、お客様に対してそれは失礼な気がする。

「僕もね、昔ああやって母に花を贈ったことがあるんだ」

「東條、さんが……子どもの時ですか？」

咲希の呼び方に東條は満足げに頷いた。

「うん。確か誕生日だったと思うんだけど、突然花を贈りたいって思い立って、花屋に走ったんだ。一人で花屋に行ったのなんて初めてで、ちょうどさっきの子みたいにビクビクしててね。その時のことを思い出したら、いても立ってもいられなくなってしまって」

思い出すように語る東條を見ているうちに、咲希は胸の奥が温かくなり、それから苦しくなった。

少しだけ彼の心の中を覗《のぞ》いたような不思議な気分だ。そこまで考えて、咲希は自分の考えを慌てて打ち消した。

東條は店のお客様で、自分はたまたま接客をしているだけなのに。

「今じゃ仕事仕事で、母に花を贈るなんて思いつきもしないけど。あの子を見習わないといけないね」

苦笑いをするものの、東條の表情は柔らかい。きっと母親のことを思い浮かべているのだろう。

今も花を贈る相手がいることをうらやましく思いながら、咲希はその横顔を見つめた。

「優しいんですね」

その言葉に、東條はハッとしたように表情を変え、それからなぜか自重するように小さく首を横に振った。

「くだらない話をしてしまったね。この分は僕がちゃんと支払うから」

「そんな！　それは困ります」

たまたま店に居合わせた東條にそんなことをしてもらうわけにはいかない。もともと、咲希も男の子に花を安く譲ってあげる心づもりだったのだ。

とんでもないとばかりに慌てる咲希に、東條は驚いたように眉を上げた。

「どうして？」

「あの……私も、同じことをしようとしてたから。だから、東條さんに支払っていただく必要はないんです」

「そういうことか。でも先に勝手なことをしたのは僕だからね。支払いをさせて欲しい」

そう言いながら支払いをしようとする東條に、咲希はこの場を納めるのにはどうすればいいのかわからなくなった。

「えっと、じゃあ……」

やはり東條に支払いをしてもらうわけにはいかない。

「あの、東條さんもお母様に差し上げるお花を買ってください。うちも売り上げになるし、それで差し引きゼロってことで」

「……え?」

咲希の言葉に、東條は面食らったように目を丸くした。いつも非の打ち所がない、洗練された仕草の彼らしくもない顔に、咲希はしまったと青くなった。

東條のプライベートな話を聞いて気がゆるんだのか、お客様に対して、とんでもないことを口にしてしまった。

「あ、あの、申しわけありません！　本当にこの分の代金は結構ですから」

失礼なことを言ったせいで、もう東條はフルラージュを利用してくれなくなるかもしれない。

慌てて頭を下げた咲希の頭上で、クスリと小さな笑い声が聞こえた気がした。

「お願いするよ」

「え？」

驚いて顔をあげると、東條は怒るどころか優しい目で咲希を見つめている。

「母に贈る花を君に選んでもらいたい」

咲希の動揺を見透かすような、真っ直ぐな瞳から目がそらせない。

「あ、ありがとうございます……」

鼓動が今までにないぐらい速く打っていて、咲希はそのあと自分がどんな花を選んだのかもよく覚えていなかった。

chap. 2 接近～アプローチ～

自分はどうしてしまったのだろう。

初めて会ったときは、東條は店にたくさんくるお客様の一人として見ていたはずだ。でも今は彼が店に現れると、まるで心が浮き足だったようにふわふわとした気持ちになり、見つめられるとドキドキしてしまう。

それに彼が昼間子どもに見せた優しさも、最初は意外だと思ったけれど、彼自身のエピソードを聞かされて納得がいった。

そんな幼い頃の思い出を、大人になっても大事に胸の奥にしまっておける人なのだ。

母親と話すときはどんな顔をするのだろう？　家族と一緒の時はもっと違う顔を見せるのだろうか。

咲希は延々とそんなことを考えている自分に、思わず苦笑いを漏らした。

これではまるで、初めて恋を知った小さな女の子みたいだ。好きな相手のことなら何でも知りたいという、少女のような思考が急に恥ずかしくなる。

いつの間にかデッキブラシを操っていた手が止まっていたことに気づき、咲希は慌てて作業を再開した。

今日は咲希が遅番で、早番の千春はすでに家族の元に帰っている。アルバイトの女の子も休みだったので、咲希は一人で閉店作業をしているところだった。

花屋の床は、すぐに水洗いができるようにコンクリートやタイルという場合が多い。床に排水溝がついているから、そのまま水を流すこともできる。

難点は、足下が寒いということだろうか。夏場は涼しいけれど、秋から冬にかけては足下から冷気が這《は》い上がってくるし、花の鮮度を保つために、暖房を強くすることもできない。

そのおかげで、長靴の下には分厚い毛糸の靴下やレッグウォーマーが欠かせなかった。

咲希はデッキブラシで床の汚れを落とすと、ホースを引っ張ってきて、その汚れを洗い流した。

あとは店先に出してある花をガラスケースの中にしまえば、シャッターを下ろすことができる。

咲希が店先に出していた花の鮮度を確認しながら、片づけをしているときだった。

「蒔田さん」

突然名前を呼ばれて、咲希はブーケが入った木箱を抱えたまま、声がした方を振り返る。

「……東條さん⁉」

「こんばんは。さっきはどうも」

店から少し離れた街灯の下に立っている男性の姿に、咲希は目を見開いた。

「もう閉店かな？」

「あ、すみません。まだ大丈夫ですよ。どうぞお入りください」

慌てて店の中へ招き入れようとする咲希に、東條は少し肩を竦《すく》めてみせた。

「違うんだ。もう帰れるなら君を食事に誘おうと思ってね」

「……え？　食事、ですか？」

「もう少し蒔田さんと話をしてみたいって思ったんだけど、迷惑かな？」

突然の誘いに、頭の中が真っ白になる。

東條は自分を食事に誘うために店の前で待っていたというのだろうか？

「もしかして、先約あり？」

探るような言葉に、咲希は慌てて首を横に振った。

「せ、先約なんてないです！」

思わず大きな声で否定すると、東條は小さく笑いを漏らした。

「よかった。じゃあ僕はここで待ってるから。ああ、急がなくていいよ」

その言葉に咲希は慌てて店の中に駆け込んだけれど、鏡に映った自分の姿を見て青くなった。

食事に誘われてとっさに頷《うなず》いてしまったけれど、着替えと言えば、今朝出勤するときに着ていたシンプルな黒いパンツにブラウスとカーディガンという普段着だけだ。

友人と食事の約束をしている日だったらもう少しましな格好もするけれど、今日は遅番でどこにも寄るつもりがなかったのだ。

咲希は自分が着ている仕事用のカーキ色のパンツと黒いエプロンを見下ろした。さすがにこの格好よりはましに見えるだろうが、際だって人目を惹《ひ》く東條と並んだら、見劣りすることは間違いない。

しばらく鏡の前で悩んだけれど、これ以上東條を店の外で待たせておくこともできなくて、大急ぎで着替えをすると、せめてもの気遣いで化粧を直し、シュシュでひとつにまとめていた髪を解き、手櫛《てぐし》で整えた。

「お待たせしました！」

文字通り店の外に飛び出すと、東條は先ほどと同じ街灯の下に立っていた。

「そんなに慌てなくてもよかったのに。お店の方は大丈夫？」

「は、はい。それは大丈夫なんですけど……」

「けど？」

不安そうに見上げる咲希に、東條は首を傾げた。

「あの……出かけるつもりがなかったので、きちんとした格好じゃなくて……」

咲希は恥ずかしさにカーディガンの袷《あわせ》をギュッと握りしめる。

やっぱり、この格好では東條に恥をかかせてしまう。断った方がいいのではないだろうか。

「なんだ、そんなことか。別に気取った店に行くわけじゃないから大丈夫だよ。京都のおばんざいって知ってる？」

聞いたことのない言葉に、咲希は首を傾げた。

「京都の……家庭料理って言えばいいのかな。野菜も多くて薄味だからヘルシーで女性にお勧めだよ。この近くなんだけど、静かだからゆっくり話ができるかと思って」

家庭料理、という言葉に咲希はホッと胸を撫《な》で下ろした。咲希が東條に抱いているイメージでは、高級なレストランにでも連れて行かれるのではないかと不安だったのだ。

東條の言葉通り、その店は路地裏のビルの地下にあるこぢんまりとした店だった。

朱色ののれんをくぐり黒い木の格子戸を開けると、店内は入り口から想像していたよりも広い。十席ほどのカウンター席に、小上がりが三つという簡素な造りで、イスの上に縮緬《ちりめん》の座布団や千代紙で作られた小箱、折り鶴など店内のそこかしこに、かわいらしい小物が飾られている。

京都など中学校の修学旅行でしか行ったことがないが、テレビなどで見かける豪華な京料理の店とは違う、家庭的な雰囲気だ。

「こんばんは」

「まあ、東條はん。ようおこしやす」

カウンターから藍染の紬《つむぎ》を着た、色の白い細面の美しい女性が顔を覗《のぞ》かせる。上品で若々しく見えるけれど、年の頃は東條と同じか少し上ぐらいだろうか。

「あら、今日は可愛《かい》らしいお人が一緒なんやねぇ」

柔らかな京言葉で咲希に微笑みかけると、手で小上がりを指した。

「さ、どうぞ。お座敷の方がゆっくりできますやろ」

小上がりは扉こそないものの、テーブルごとに壁で仕切られていて、ちょっとした個室の雰囲気だ。

東條は藍色の布表紙のメニューを手に取ると、咲希が見やすいように開いてから手渡してくれる。

「ここは味付けだけを京風にしているんじゃなくて、野菜も京都から取り寄せているんだ。おばんざいって言っても結構本格的だよ」

「へえ……」

メニューは『お芋さんの甘煮』『厚揚げと茄子《なす》の炊いたん』など、なんとなく京料理なのだとわかる名前もある。

「なんでも好きなものを頼むといい。僕のおすすめはだし巻き卵。東京のだし巻きは砂糖が入ってるけど、関西は砂糖が入っていないのをだし巻きって呼ぶんだ」

「詳しいんですね。もしかして、京都のご出身なんですか？」

「いや、出身は横浜なんだ。女将のおかげでいろいろ詳しくなってね」

ちょうどおしぼりを持ってやってきた女将に微笑みかける。

「東條はんは、いっつも一人でいらしてカウンターに座らはるから。質問ばっかりで、相手をするのがえらいこと」

「ひどいな、そんなこと思ってたのか」

「ほほほ。お得意さんやから、辛抱してあげてるんどす」

店で話をしていた時とは違ったくつろいだ東條の表情と、女将の鈴を転がすような笑い声が心地いい。咲希も思わず笑みを漏らした。

「ささ、なんにしまひょか。今日はいもぼうも炊いてありますけど」

「いもぼう？」

咲希が聞き慣れない言葉に首を傾げると、東條が優しく助け船を出してくれる。

「いもぼうはね、京都の伝統料理なんだ。蒔田さんは東京出身だから知らないかな」

東條の言葉を受けて女将も微笑む。

「ああ、東京の方はご存知あらしまへんな。いもぼうって言うても、お芋さんとは違いますのや。えび芋って知ってはりますか？　東京で言う里芋の一種なんどすが、これと棒鱈《ぼうだら》を炊いたもんどす。まあ食べてみとくれやす」

女将の説明に頷いたものの、先ほどの東條の言葉が気にかかる。

なぜ東條は自分が東京出身の人間だと言ったのだろう？　接客の中でそんなことを口にしたことがあっただろうか。

しばらく記憶を探っていたけれど、程なくして料理が運ばれてきて、その時はすぐにそのことは忘れてしまった。

料理は東條の言葉通り京野菜がふんだんに使われており、加茂茄子の田楽や伏見唐辛子とジャコの佃煮《つくだに》、九条ネギのぬたなど、咲希が口にしたことのない珍しいものが多い。

「どう？　口に合うかな？」

冷酒のグラスを手に、東條が心配そうに咲希の顔を覗き込んだ。

「とってもおいしいです。京都のお料理って、おだしがしっかりきいてるんですね」

「そうだろ。東京はどちらかというと醤油《しょうゆ》が強い味付けだけど、こういう味付けの方が塩分も控えめだし、身体にいいよね」

咲希が気に入ったことに安堵《あんど》したのか、東條も自分が勧めただし巻き卵に箸をつける。

「うん、うまい。仕事で行くのはかしこまった店ばかりだから、プライベートの時はこういう和食が食べたくなるんだ」

「えっと……ご家族の方とかは？」

母がいることは聞いたけれど、東條の年齢からして結婚しているということもあるのではないだろうか。左手に指輪こそしていないけれど、仕事中は指輪を外す男性もいるだろう。

「一応実家で両親と暮らしてるんだけど、仕事で遅くなることが多いから、平日は外食ばかりなんだ。父も仕事人間だから、これ幸いと母は旅行ばかりしているしね。君は？」

「私は叔母の家に……」

咲希はそう口にして、東條にどこまで自分のことを話していいのか迷ってしまう。

特に親しくなければ、叔母が実の母だと思っている友人も多い。さすがに千春は上司で親しくつき合っているので事情を知っているけれど、あまり自分から話すことではないような気がしていたのだ。

ついロにしてしまったけれど、話を変えた方がいいかもしれない。なにか別の話題を……そう考えたとき、東條が先に口を開いてしまった。

「叔母さんって……君のご両親は？」

「あの……叔母っていうのは母の妹なんですけど、小学生の時からそちらのお世話になってるんです。八歳の時に母が……亡くなって、叔母が私を引き取ってくれて」

「……お父さんは？」

「私が生まれる前に亡くなったと聞いています」

東條の顔に浮かんだなんとも言えない表情に、咲希はやはり話さなければよかったと後悔した。

この話を聞くと、大抵の人はかわいそう、大変だったね、という顔をしたり、実際にその言葉を口にしたりするのだ。

でも決して自分が不幸だとは思わない。両親は早くに亡くしてしまったけれど叔母夫婦は実の子のようにかわいがってくれたし、きちんと学校にも通わせてもらった。

「東條さんはお母様と仲がいいんですね。今日注文していただいたお花ですけど、明日には届くそうですから連絡して差し上げてくださいね」

「ああ、ありがとう。蒔田さんは、どうして今の仕事をしようと思ったの？」

「え？」

「いつも楽しそうに仕事をしているから、なりたくて選んだ仕事なんだろうとは思ってたけど、どうして花屋なのかなって思ってね」

どうしてそんなことを聞くのだろう。今日だって食事に誘われたことが不思議でたまらないのに。

彼は自分に興味を持ってくれている、そう自惚《うぬぼ》れてもいいのだろうか。

咲希はどう答えていいのかわからずに、ほとんど手を付けていなかった冷酒のグラスを口に運んだ。

ひやりとした冷たい喉ごしのあとに、身体がカッと熱くなる。あまりお酒が強くないことは自覚しているから気を付けていたはずなのに、今はそのことも忘れてグラスの残りも飲み干してしまった。

「……お花って、みんなを元気にしてあげることができるじゃないですか。お花をもらって怒る人なんていないでしょう？　病気で落ち込んでいる人も、綺麗《きれい》なお花を見たら、少しだけでも気分が良くなるし。もちろん私一人じゃできることなんてたかがしれているとは思うんですけど、少しでも誰かを元気にしてあげたいんです」

口にしてみると綺麗事ばかりで、説得力がない。咲希は自分の子どもっぽい理想を口にしたことが恥ずかしくなって、うつむいた。

頬が熱いのはつい口にしてしまった酒のせいなのか、それとも今感じている羞恥心のせいなのかもわからない。

東條は黙って咲希の話を聞いていたけれど、そのうつむく咲希の様子に小さく笑みを漏らした。

「素敵だね。僕は医療関係の仕事をしてるんだけど、誰かが生きるとか死ぬとかそんな話をよく耳にするんだ。きっと君みたいな人がその人たちの心を癒すことができるんだね」

それはあまりにも買いかぶりすぎだ。でも、その言葉は東條の優しさのような気がして、咲希ははにかみながら東條をみつめた。

「私じゃなくて、お花がですよ。私はそのお手伝いをしてあげたいんです」

「恋人は仕事に関して口を出したりしないの？　お花屋さんって朝早く市場に行ったり、今日みたいに閉店まで仕事をしていたら遅くなったりもするだろ？」

突然恋人のことを聞かれて、驚いた咲希は慌てて否定した。

「こ、恋人なんていません……」

二十代になれば友達の恋人の話や、早い子なら結婚するという話も耳にするけれど、この仕事を始めてからの咲希に恋人はいない。

職場で出会いがないというのもあるけれど、今すぐつき合いたいと思えるほどの人に出会えていないというのが本音だった。

咲希の答えに、東條はなぜか満足そうに頷いた。

「君みたいなかわいらしい人に恋人がいないのは意外だけど、僕としてはホッとしたかな」

「え？」

「恋人がいる女性を食事に誘っていたのだとしたら、申しわけないじゃないか。僕が君の恋人だとしても、それを聞かされていい気持ちがしないだろうし」

少し目を細めて微笑む東條に、咲希はドキリとして目をそらしてしまった。

そんなふうに思わせぶりにみつめられたら、社交辞令だとわかっていても、東條が本気でそう思ってくれているのかと誤解してしまいそうだ。

「東條さんこそ……」

咲希は東條の視線に捕らわれてしまいそうで、気恥ずかしさを誤魔化すように呟《つぶや》いた。

さっきから質問ばかりするのに、東條はあまり自分のことを話さない。彼には恋人がいないのだろうか。

「僕？　僕も残念ながら独り身なんだ」

あっさりと返ってきた返事に、咲希の胸が高鳴った。

「母は三十を過ぎたあたりから早く結婚しろってうるさく言うんだけど、なかなかね。こういうことは急いでも仕方ないことだろ？」

「そ、そうですよね」

咲希はその言葉に頷いたけれど、東條と恋人や結婚がどうのと話をするとは、今まで考えたこともなかった。

そもそも東條と差し向かいでお酒を飲んで、同じ皿の料理に手をつけていることも信じられないことだ。なんだか夢の中をふわふわ漂っているように現実感がない気がした。

「ごちそうさまでした」

いつの間にか会計を済ませてしまっていた東條に、咲希は深々と頭を下げた。

飲み慣れない酒を口にしたせいか頭がぼんやりとしているけれど、うまく話せているだろうか。

「東條さんはお客様なのに……すみません」

「いいんだ。今日は僕が君と話をしたくて誘ったんだから」

東條は優しく唇を緩めると、階段を先に上るよう手で指し示す。紳士的な仕草にまたドキリとしながら、咲希は会釈をして階段を上り始めた。

またこうやって二人で食事をしたい。そう言ったら東條は迷惑だと思うだろうか。

咲希がちらりと東條を振り返りかけたときだった。自分で思っていなかったほど酔って
いたのか、階段を踏み外しバランスを崩してしまう。

「きゃっ！」

思わず声を上げた次の瞬間、咲希の身体は東條の胸に抱き留められていた。

「……え……？」

一瞬なにが起きたのかわからずに見上げると、東條のシャープな顎のラインが目の前に
飛び込んでくる。

男性らしい少しゴツゴツとした首筋に、無駄な脂肪のないすっきりとした顎のラインは
妙に艶めかしくて、咲希は慌てて目をそらした。

「大丈夫？」

「は、はい……」

そう頷いたのに、東條の腕は咲希の身体を支えたまま動こうとしない。次第に背中から
東條の体温が伝わってきて、居たたまれなくなった。

「あの……もう大丈夫ですから」

まるで後ろから抱きしめられているような格好が恥ずかしくて、咲希は小さな声で呟いた。

すると、頭の上で小さく息を吐く気配がして、さらにしっかりと身体に腕が巻き付き、後ろからかかえるように抱き上げられる。

「と、東條さん⁉」

そのまま人形でも抱くように抱えられたまま、階段の最上段まで運ばれてしまった。

地上に足が着くと同時に身体は自由になったけれど、突然の出来事に心臓が身体の中で暴れ回って、状況が飲み込めない。

とりあえず東條にお礼を言わなければ、そう思い振り返ったときだった。

「……っ！」

想像していたよりも間近に東條の顔を見つけて、悲鳴を上げそうになる。階段の段差のせいで、ずっと見上げていたはずの東條と視線が同じ高さになっていたのだ。

「あ、の……すみませんでした」

たったそれだけの言葉なのに、舌がもつれてうまく話すことができない。さっきまではお酒のせいだと思っていたけれど、今は違う。

東條を間近に感じて、気持ちをうまくコントロールできない。

その間も東條は甘さを含んだ優しい目で咲希を見つめていて、その視線に耐えきれず咲希が小さく身体を震わせた時だった。

「あ……」

東條は咲希の方にゆっくりと身体を傾けて、緊張でうっすらと開いた咲希の唇に自分のそれを押しつけた。

——東條が自分にキス？　そんな白昼夢を見てしまうほど自分は酒に酔っているのだろうか。

その間にも、東條は何度か角度を変えて、こすりつけるように唇を重ねてくる。驚きのあまり目を見開く咲希を見てクスリと笑いを漏らすと、キスで濡《ぬ》れた下唇を優しく吸い上げた。

「んぁ……っ」

思わず咲希が声を漏らすと、東條は満足げに唇を離して咲希の目の中をのぞき込んだ。

まるで恋人にするような優しいキスに、愛おしげに包み込むような視線。咲希は頬が火照っていくのを感じながら、その場に呆然《ぼうぜん》と立ち尽くすしかなかった。

chap. 3 出会いは必然

その日は雨が降っていて、少し肌寒かった。街を歩く人も傘を手に少し足早で、フルラージュの店先に目を向ける人はほとんどいない。

昨日までは連休で晴天が続いていたために、今日とは正反対の忙しさだった。それを考えれば、一息つける日のはずなのに、咲希の目は店先のアスファルトに打ち付ける雨に向けられたままだ。

そういえば、初めて東條が店に来たのも、こんな雨の日だった。

鈍色《にびいろ》の空はまるで今の咲希の心を現しているようで、それを眺めていると、自分がこの街で誰にも気づいてもらえない存在のような気にすらなってくる。

千春はといえば、店の奥で昨日手つかずだった伝票の整理やデータ入力に没頭していて、店の売り上げが落ちてしまうこの雨を喜んでいるようだ。

千春とおしゃべりをする気分ではなかったから、これ幸いと店先に座って街並みを眺めていることができた。

東條と二人で食事をした夜から二週間ほどたつけれど、あれ以来彼からの連絡はない。別れ際に渡された名刺には、プライベートと思われる携帯番号が書き込まれていたのだから、お礼を兼ねて自分から連絡をすればいい。

でも、なぜか彼がそれを望んでいないような気がして、こちらから電話をする気にはなれなかったのだ。

どうして、あの夜東條はキスをしてきたのだろう。もしかしたら彼もお酒に酔っていて、戯《たわむ》れでキスをしてしまったのかもしれない。

キスのあとしばらく呆然《ぼうぜん》としていたけれど、階下で人の声がして、咲希は慌てて東條の視線から逃れるように路地へ飛び出した。

一人で帰ると言って聞かない咲希に、東條はせめてタクシーに乗って欲しいと、大通りでタクシーを止めてくれた。

一旦車に乗り込み運転手となにやら言葉を交わしてから車を降りてきて、咲希の手の中に名刺を滑り込ませる。

「本当に一人で大丈夫？」

まるで幼い子を心配するような言葉に恥ずかしさを覚えた咲希は、何度も小刻みに頷《うなず》いた。

「今日は飲ませすぎてしまって申しわけない。また日を改めてきちんと話をしよう。いいね？」

別れ際、そう念を押されたけれど、咲希は小さく頭を下げただけで、なにも答えなかった。

あの夜一瞬だけなにかが始まったような気がしたのに、それは自分の間違いだったらしい。もし東條が本当に改めて話をしようと思っているのなら、とっくに連絡をくれているはずだ。

こういう場合、やはりなかったことにするのが大人の対応というものなのだろうか。

でもあの時、咲希が気づかないうちに運転手にタクシー代を渡してくれていて、そのお礼ぐらいは伝えたい。

咲希はふと、自分がなにか理由を付けて東條と連絡を取りたいと望んでいることに気づいた。

なぜあの夜、自分から人に話したことのない母のことや叔母のことを話してしまったのかも不思議だった。

学生時代は咲希にも恋人らしき人がいたけれど、家族に紹介するという深いつき合いにまで進んだことはない。というか、自分から進もうとしなかったのかもしれない。

深いつき合いになれば自然と家族のことを知られることになるし、その時同情というフィルターで自分を見て欲しくなかったからだ。

でも東條は咲希の話を聞いて少し驚いたようだったが、それ以上なにを言うでもなく、ただ淡々と話を聞いてくれた。

今まで男性と深いつき合いになることを無意識に避けていた咲希としては、東條の反応にホッとしたというのが本音だった。

こんなふうに一人の男性のことばかりを考えるのは初めてで、心がざわざわとして落ち着かない。

「はぁ……っ」

答えの出ない思考に、思わずため息を漏らしたときだった。

「咲希ちゃん！　お昼行ってきていいわよ」

店の奥から顔を覗《のぞ》かせた千春の言葉に、咲希は座っていたイスから弾かれたように立ち上がる。

「……どうしたの？」

「あ、いえ。ちょっとぼんやりしてて」

咲希の反応に驚いた顔をする千春に、曖昧に微笑み返す。

「そうよね～この雨じゃ、ぼんやりもするわよね。今日は暇だからゆっくりしてきていいわよ。どうせお客様も来ないでしょ」

「はい、ありがとうございます」

千春の申し出はありがたい。このままでは暇すぎて、くだらないことばかり考えてしまいそうだ。

咲希がロッカー代わりの棚からバッグを取り出し、傘を手に店の入り口まで戻ったときだった。

入れ替わりに店頭に出た千春と話す男性の姿に足を止めた。

「咲希ちゃん、ちょうどよかったわ。東條様がいらしたわよ」

「こんにちは」

相変わらず隙のない着こなしのスーツの肩が、今日は雨で少し濡《ぬ》れている。

「い、いらっしゃいませ」

姿を見た瞬間のぼせたように顔が熱くなり、彼と視線を合わせることができない。咲希はそれを誤魔化すように頭を下げた。

「咲希ちゃん、休憩に行くところ悪いんだけどお願いしていい？」

どうやら千春は、東條の接客の担当はどんなときでも咲希と決めているらしい。これがほかのお客様なら、間違いなく休憩に送り出してくれたはずだ。

「はい」

咲希が頷くと、千春はまた店の奥へと消えてしまった。

「お、お久しぶりです」

東條に会えて嬉《うれ》しいのに、どんな顔をすればいいのかわからず、咲希は緊張した声音で頭を下げる。

「こんにちは。休憩に行くところだったんだろ？　大丈夫？」

「大丈夫、です。今日はなにをご希望でしょうか」

そう答えたものの、声がうわずってしまう。今まではどうやって東條と普通に話をしていたのだろう。

「これが送り先。個人病院の開業祝いに、そこのロビーに飾る花のアレンジメントを頼みたいんだ」

「かしこまりました」

緊張している咲希とは逆に、東條はいつもと変わらないように見える。この間のことなど、忘れてしまったかのようだった。

自分ばかりドキドキしているのが恥ずかしい気がして、咲希は必死で平静を取り繕った。

いつものように予算や花のイメージなどを聞いているうちに、頭の中が仕事モードに切り替わってくる。

お客様の話を聞いて、あれこれと頭の中でイメージするのが一番楽しい時間だ。特に東條は注文金額も高く、普段店で扱わないような花も仕入れることができるし、アレンジメントにも力が入る。

「では、ご指定通りにお届けいたしますので」

少し落ち着いてきた咲希がいつものように注文伝票を差し出すと、その手を東條の大きな手が伝票ごと包み込んだ。

「……っ！」

危うく小さく声を上げそうになり、辛うじてそれを飲み込む。

「あ、あの……」

店の奥には千春がいる。こんなところで手を握られているのを見られたら、あとでなにを言われるかわからない。

咲希が慌てて手を引き抜こうとしたときだった。

「今夜……会えないかな？　君に話したいことがあるんだ」

背の高い東條が、少し身を屈めて咲希にだけ聞こえるように耳元で囁《ささや》いた。

力強い低音で、耳に熱い息を吹き込まれたような気がして、咲希はビクリと肩を震わせた。

「君の都合のいい時間にあわせるよ」

「あ、あの……今日は早番なので、十九時頃なら」

「わかった。じゃあこの間の……いや、店の外で待ってるから」

咲希の返事に小さく頷くと、東條はホッとしたように表情を緩めて店を出ていった。

咲希はその後ろ姿をぼんやりとした頭で見送りながら、自分の頬が熱を持っていることに気づく。

ただ話をしただけなのに自分はどうしてしまったのだろう。彼に囁かれた瞬間身体が石のように固まって、動けなくなった。

それに今思うと、東條の様子がいつもと違った気がする。デートに誘うと言うより、硬い表情で、言いたくないことを仕方なく口にしたようにも見えた。

もしかして、自分は彼にあんな表情をさせてしまうような失礼なことをしてしまったのだろうか。

とっさに約束をしてしまったけれど、なぜかいい話を聞けない予感がした。

結局雨は一日中しとしとと降り続き、遅番の千春に店を任せて咲希が店を出たのは、約束の時間の五分前だった。

傘を広げて店の入り口から出たものの、店の前に東條の姿はない。店の前でと約束をしたけれどこのままここで立っているのもおかしい気がして、咲希は大通りを地下鉄の入り口方向に向かって歩き始めた。

このあたりをうろうろしていて、東條がやってきたら声をかければいい。そう思った矢先、路肩に停まっていた白い車のドアが開き、男性が降りてきた。

「蒔田さん、こっち」

声の主は東條で、傘もささずに咲希に向かって手を振る。グレイのスーツに雨粒が降り注ぐのを見て、咲希は慌てて駆け寄り傘を差し掛けた。

「すみません。お待たせしてたんですね」

スーツには雨粒が黒いシミのように広がってしまっている。

「大丈夫だよ。雨だから歩かせたら悪いと思って車にしたんだ。さ、乗って」

東條はなんでもないという顔で右側のドアを開けた。

「ありがとうございます」

なぜ運転席のドアを開けてくれるのだろうと思ったけれど、そこは助手席で車が左ハンドルだと気づく。車のことはよく知らないけれど、ハンドルが逆ということは外国製なのだろう。

腰を下ろすとギュッと音を立ててしなる革張りのシートと高級感のある内装に、咲希は身体を小さくする。

すぐに運転席に回った東條が乗り込んできて、エアコンの吹き出し口に手を当てた。

「寒い？　今日の雨は冷たいから」

寒さに身を縮めていると誤解したのだろう。心配そうに咲希の顔を覗き込む。

「……大丈夫です」

濡れた靴や傘で車を汚してしまったらどうしようかと気が気でなかっただけだとも言えず、咲希は曖昧に頷いた。

「今日は店を予約してあるんだ。すぐそばだから、そこまで我慢してくれるかな」

東條はそう言うと、ゆっくりと夜の街へと車を走らせた。

連れて行かれたのはホテルで、東條は地下の駐車場に車を入れると、咲希を高層階のレストランへと案内した。

「東條様、いらっしゃいませ」

よくこのレストランを利用しているのだろう。支配人と思われる男性が東條に向かって頭を下げる。

「個室をご用意させていただいておりますので、どうぞ」

案内されたのはこぢんまりとした部屋で、二人掛けのテーブルにカトラリーがセットされている。テーブルは窓際に設置されていて、窓の向こうには雨にけぶった東京の夜景が広がっていた。

「残念。晴れているともっと綺麗《きれい》に見えるんだけど」

「十分綺麗です」

雨でぼんやりとした灯りは逆に幻想的で、咲希はしばしその景色に目を奪われた。

夜景の見えるレストランで、素敵な男性と食事。まるでドラマの中のデートみたいだ。

そう考えたとたん、東條とのキスの記憶が蘇《よみがえ》ってきて、咲希の鼓動が速くなる。

どうしてこんなところに連れてきたのだろう。話をするだけなら近くの店でもいいはずだ。

そのことを尋ねたいのにすぐにメニューを抱えたウエイターが現れて、聞くタイミングを逃してしまった。

一通り注文を終え、食前酒や前菜が運ばれ二人きりになると、咲希は我慢できずに口を開いた。

「あの、お話があるって……どういうことなんでしょうか」

「ああ、そのことか。とりあえず乾杯しようよ」

東條は咲希に笑いかけながらシャンパングラスを手に取った。

まるで咲希の質問の答えを先延ばしにしたいと言われているようで、納得がいかないままグラスに手を伸ばした。

「乾杯」

――なにに対して？

咲希はそう聞き返したい気持ちを抑えて、形ばかりグラスに口を付ける。

この間の夜は、飲み過ぎてあんなことになってしまったのだ。今日はなるべく素面で話を聞きたい。それに今日はとても楽しくお酒を飲む雰囲気ではない。

東條自身も落ち着かないのか、今日は前回とは違い、なんだかそわそわしているように見える。

お互いがさぐり合うような空気に話が弾むはずもなく、時折メニューについて言葉を交わす程度で、咲希はせっかくの料理もろくに味わうことができなかった。

「実は……君に伝えなければならないことがあるんだ」

食後にカプチーノとデザートが運ばれてきて、東條がやっとその重い口を開く。

咲希が小さく居住まいを正すと、東條は少し困ったような笑みを唇にのせた。

「実は……僕の話というのは、君のおじいさまのことなんだ」

「……え？」

「お母さんから、お父上が亡くなっていると聞かされているんだよね？」

「……はい」

話の流れが見えずに、咲希は小さく頷いた。

「君の父方のおじいさまが、君に会いたいと言っているんだ」

「は？」

「君にはおじいさまがいるって言ってるんだよ」

「……」

どうして東條がそんなことを言い出すのかがわからない。彼はその、祖父という人の知り合いなのだろうか。

「あの……私、事情がよく飲み込めないんですが、東條さんは私のおじいさまだという人をご存知なんですか？」

咲希の言葉に、東條が美しい鼻梁《びりょう》に皺《しわ》を寄せながら頷いた。

「君のおじいさまは、僕の亡くなった祖母の兄に当たるんだ。つまり僕は君のハトコってことになるね」

「……」

「僕は君のおじいさまに頼まれて、君に会いにきたんだよ」

東條の言葉は一応耳に流れ込んでくるのに、言葉の意味を理解できないまま、頭の中を通り過ぎていく。

唯一わかったのは、東條との出会いは偶然ではなかったらしいということぐらいだ。

「蒔田さん？」

そう名前を呼ばれたけれど、咲希はどう返事をしたらいいのかもわからずに目の前のカップに手を伸ばす。

気持ちを落ち着けたかったのに、いつの間にか温《ぬる》くなってしまったカプチーノは、ミルクの甘みよりもエスプレッソの苦みだけが残って、その刺激に咲希はすぐにカップをテーブルに戻してしまった。

「突然こんな話を聞いて驚いたよね。おじいさまは今、具合が悪いんだ。自宅療養をしているところなんだけど、自分にもしものことがあったときの心配をされていて、君に会いたいと僕に相談があったんだ」

「ご病気、なんですか？」

「ああ。大動脈弁狭窄症《だいどうみゃくべんきょうさくしょう》……つまり、心臓が悪いんだ。僕としては早く手術をした方がいいと勧めてるんだけど、本人がなかなか頑固でね」

聞いたことのない病名だけれど、心臓が悪いということは命に関わるかもしれないということだろう。

でもだからといって、突然会いたいと言われても困る。今まで父方の親戚はいないものだと思っていたし、東條の口振りからして、彼自身はつい最近まで咲希の存在など知らなかったように思える。

つまり、父方の親戚と母はうまくいっていなかったということではないだろうか。

どういう経緯があったかはわからないけれど、母が意図的に関わらせないようにしていたのなら、自分もそれに応じる必要はない気がする。

「あの……東條さんは私の父に会われたことがあるんですよね？」

なぜ父が連絡をしてこないで、東條が会いに来たのだろう。さっきからそのことも気になっていたのだ。

すると東條は言いにくそうに表情を曇らせる。

「君のお父さんは……残念ながら一年前に奥様と一緒に交通事故で亡くなられたんだ。君以外に子どもはいないから、君が藤原《ふじわら》家の唯一の跡取りになる」

父である男性が亡くなったという事実より、その人が最近まで生きていて、一度も自分と会わなかったことの方がショックだった。

藤原というのが、父方の姓なのだろうか。蒔田は母の姓だが、二人は結婚していなかったか、離婚をしたということになる。色々な想いだけが断片的に浮かんできて、考えがまとまらない。

ずっと連絡がなかったのに、今更会いたいと言われて、はい、そうですかとは頷けない。記憶にある限り母と二人で、母が亡くなった後は叔母に引き取られた。そんな自分を不幸だと思ったことはない。でも、父がいなくて寂しいと思ったこともあるし、どうして自分には父親がいないのだろうと考えたことは一度ならずあるのだ。

どうして父は自分に会いに来なかったのだろう。

「一度、おじいさまに会いに来てもらえないだろうか」

「……」

咲希が黙っていると、東條が困ったように首を傾げた。

「急な話で申しわけないと思っている。でも、おじいさまは病気なんだ。孫に一目会いたいという気持ちをわかってもらえないだろうか」

どうしても返事をもらって帰りたいという東條の立場もわかるが、そんなに簡単に決められることではない。

「……無理、です」

咲希は小さな声で呟《つぶや》いた。

「どうして?」

「そんなこといきなり言われても……信じられません。さ、詐欺とか、そういうのかもしれないし……」

断る側の自分の方が立場は強いはずなのに、その声は弱々しく頼りなく聞こえる。

本当は詐欺であるはずがないことぐらいわかっている。そんな人間が自分の会社や名前をさらしてまで接触してくるはずがないし、そもそも東條にはそんな胡散臭《うさんくさ》そうな雰囲気はない。

高齢で心臓の悪い祖父が会いたがっている。それだけで咲希の心を動かすのは十分だけれど、どうしても東條の申し出を受ける気にはなれなかった。

東條が自分を探るために近づいてきたことに腹が立っていたのかもしれない。

「どうしたら信用してもらえるのかな? 実はね、おじいさまにはすでに君のことを報告してあるんだ。君が、素直で気遣いのできる優しい人だと知って、おじいさまもすぐに会いたいとおっしゃっているんだよ。それにね」

いったん言葉を切ると、東條はテーブルに身を乗り出すようにして咲希の瞳を見つめた。

「君が藤原家唯一の跡取りだって意味がわかる？」

咲希が首を横に振ると、東條はそれが咲希にとって素晴らしいことでもあるかのように言った。

「つまり、おじいさまの財産の相続人は君ってことなんだ。おじいさまはそのことも考えて、自分が動けるうちに書類を整えて」

東條の言葉を最後まで聞きたくなくて、咲希は大きな音を立ててイスから立ち上がった。

「いい加減にしてください！　私はそんな知らない人の財産なんて欲しくないです‼」

そう叫ぶと、バッグを掴《つか》んでレストランから飛び出し、ちょうどドアが開いていたエレベーターに駆け込んだ。

ドアが閉まる瞬間、東條が追いかけてくるのが見えたけれど、ドアが開くことはなかった。

財産の話をちらつかせれば、自分が頷くと思っていたのだろうか。そもそも、その祖父という人がどれだけの財産を持っているかも知らないのに。

「……っ！」

咲希は怒りと悲しみが入り交じった気持ちで唇を噛《か》んだ。

つい数時間前まで東條のことばかり考えてドキドキしていた自分はなんだったのだろう。

向こうは最初から、こちらの人となりや様子を探るために近づいてきたのに。

咲希はエレベーターを降り、急ぎ足でロビーを抜け外にでようとして足を止めた。

「あ……」

外はまだ雨が降り続いているのに、東條の車に傘を置き忘れてしまったことに気づく。

今更取りに戻るのは間抜けすぎるし、二度と東條と顔を合わせたくない。

幸いホテルの車寄せにはタクシーが数台停まっていたので、地下鉄の駅までタクシーで移動して、途中コンビニかどこかでビニール傘を買えばいいだろう。

先ほどの話で頭の中が混乱しているはずなのに、妙に冷静にそんなことを考えながらタクシーに乗り込もうとしたときだった。

「蒔田さん！」

その声に、咲希は一瞬動きを止めて後ろを振り返った。自動ドアの向こうから東條がこちらに向かって走ってくる。

「出してください！」

咲希は慌ててタクシーに乗り込むと、運転手に向かってそう叫び、東條を見なくてすむように、真っ直ぐ前を向いた。

二度と、もう二度と東條には会いたくなかった。

chap. 4 シンデレラのとまどい

東條の運転する車から降りたった咲希は、家というよりは建造物と呼ぶのがふさわしい建物を前に、ただ呆然《ぼうぜん》としていた。

東條が相続の話などしたから、普通の家庭よりは裕福な家なのだろうとは思ってはいたけれど、それは咲希の想像力の範囲を超えていたようだ。

おじいさまという言葉から勝手に昔ながらの日本家屋をイメージしていたが、目の前の建物は真っ白なコンクリート造りだ。

近代的な美術館のような建物に、広い庭。たった今車で通過してきた鉄柵は、誰が操作をしているのか自動で開閉していた。

咲希は自分がとんでもない場所にやってきてしまったことに気づき、今すぐここから逃げ帰りたい気分になった。

最初は東條の誘いになどのるつもりはなかった。もちろん、こちらから連絡をするつもりもないし、客としてやってきたら千春に接客を変わってもらえばいい、そう思っていたのだ。

ところが、あのホテルから飛び出した翌日、東條の方から店に顔を出した。

「忘れ物だよ」

咲希が車の中に忘れた傘を手に、いつものように余裕のある落ち着いた表情だ。

一瞬店の奥に逃げ込もうと思ったけれど、ついていないことに千春はアルバイトの子を連れて配達に行っており、店を空けることはできない。

考えてみれば、東條はいつも咲希が接客できるタイミングを狙って訪ねてきていた。最初から避けることなどできなかったのだ。

「捨ててくれてよかったのに」

俯いたまま、いつもよりつっけんどんに呟《つぶや》いた咲希の手に、東條が傘を押しつけた。

「昨日は……怒らせてしまったみたいだね。昨夜のことを謝りたくて来たんだ。どうしてもおじいさまに会って欲しくて、強引な言い方をしてしまって申しわけないと思っている」

相手は客であるということもあり、無視をすることもできない。咲希は仕方なく頭を下げた。

「わざわざ……ありがとうございました」

「おじいさまが君に会いたがっているというのは本当なんだ。もし君が僕を嫌っていたとしても、おじいさまが悪いわけじゃない。会う前におじいさまに悪い印象を持って欲しくないんだ」

「……わかってます。東條さんはおじいさまに頼まれただけなんですから」

だから私に興味があるふりをしたんでしょう？　咲希は心の中でそうつぶやきながら、ぷいと顔を背けた。

昨日別れたときよりも東條に対して腹を立てている自分に、咲希は内心驚いた。これではまるで拗《す》ねているみたいだ。

「一度だけでいいんだ。顔を見せてあげて欲しい。君の父上が亡くなられてから精神的にも弱ってしまってね。孫である君の顔を見たら、手術を受ける気力がわいてくるかもしれない」

生まれてから一度も顔を見たこともない、昨日まで存在すら知らなかった祖父。会ったこともない老人が一人ベッドに横たわっている姿を想像して、咲希は少しだけ罪悪感を覚えた。

意地を張っているうちに、祖父という人になにかあったら……きっと会うことを拒んだ自分は後悔するだろう。

「……わかりました」

咲希が小さく呟いた。

もしかしたら祖父という人に、亡き父の面影を見ることができるかもしれないという好奇心もあった。

写真でもいいから、父という人に会ってみたい。

こうして承諾を取り付けた東條は、咲希の都合を聞くと、あっという間に祖父との面会日を決めてしまった。

咲希は異を唱えることもできず、東條に連れられて、祖父の家を訪ねることになったのだ。

「こんな立派なおうちだなんて……聞いてないです」

思わず咲希は隣に立った東條に対して不満を漏らしてしまう。初めて会った時から、東條は秘密主義過ぎる。

「君に先入観を持って欲しくなかったんだ」

東條はそう言って笑ったけれど、少しぐらいは教えて欲しかったと不満を口にしても罰は当たらないだろう。

「ここにはどなたが住んでいらっしゃるんですか？」

「君のおじいさまだけだよ」

「え？」

こんな広い家に、祖父一人で住んでいるというのだろうか？

思わず声を漏らした咲希に、東條が笑って付け加える。

「もちろんおじいさまのお世話をする使用人が何人か一緒に住んでいるけど、君の父上が亡くなられてからは、家族はおじいさまお一人なんだ」

その言葉に、咲希はもう一度美術館のように大きな建物を見回した。

咲希が暮らしている叔母の家は、特別裕福でも貧しくもない一般家庭だ。一階にリビングキッチンと和室、二階にも部屋が三室ある。

それでも叔母夫婦と咲希の三人で十分暮らせる広さだ。祖父という人が、その何倍もの広さの家に一人で住んでいると聞かされて、なぜか急に哀しくなった。

まだ顔を見たこともないのに、その老人を心配するのは偽善だろうか。

「さ、おじいさまが首を長くしてお待ちだよ」

東條がそう言って背中を押してくれなければ、家の中に入る勇気が出なかったかもしれない。

いつもそうなのか、東條がインターフォンも鳴らさず扉を開けると、そこは白い大理石が敷き詰められた広い玄関で、使用人と思われる人が二人立っていた。

一人は叔父と同じぐらいの年輩の男性で、丈の長いジャケットを着込んでいる。もう一人はお手伝いさんなのだろう、真っ白なエプロンを身に付けて笑顔を浮かべていた。

「拓海ぼっちゃま、いらっしゃいませ」

男性の言葉に東條が一瞬目を丸くして、それから苦笑いを漏らす。

「佐伯《さえき》、いい加減ぼっちゃまはやめてくれよ。僕も三十を越えているんだから」

「失礼いたしました、拓海様。こちらのお嬢様が慎太郎《しんたろう》様の？」

「ああ、蒔田咲希さんだ」

東條は佐伯と呼ばれた男性の言葉に頷《うなず》くと、咲希の背中をソッと前に押し出した。

「……こ、こんにちは」

小さく会釈をすると、佐伯は咲希に向かって身体を折り曲げるようにして深々と頭を下げた。

「お初にお目にかかります。私はこの家の執事を務めております、佐伯でございます。旦那様もお嬢様がいらっしゃるのを首を長くしてお待ちになっていらっしゃいますよ」

執事という言葉がテレビドラマや小説の中だけのものだと思っていた咲希は、その佐伯の言葉遣いや仕草に、驚きを隠せなかった。

確かに、佐伯が身に付けている服装をよく見ればそんな雰囲気だ。普通のスーツにしては丈の長いジャケットは、海外の映画で見たフロックコートというものなのかもしれない。

「こちらは家政婦の近藤《こんどう》です」

続けて隣に立つ白いエプロン姿の年輩の女性も頭を下げる。

「まあまあ、慎太郎様にそっくりじゃございませんか。旦那様もどれだけお喜びになるでしょうか」

近藤はそう言いながら、両手で咲希の手を取った。

「こんなに可愛らしいお嬢様にお会いできなかったなんて、慎太郎様もおかわいそうです。どうぞこの家の中のことでわからないことや足りないものがありましたら、すぐにおっしゃってくださいね」

「……ありがとうございます」

手放しでの歓迎ムードに戸惑いを憶えながら、手にしていた紙袋を思い出し、慌てて袋から中身を取り出した。

「あの、これ……お見舞いです」

咲希は手にしていたアレンジメントの花を差し出した。昨日の閉店後に、手みやげの代わりにと作った花籠だ。

「よろしければお部屋の隅にでも飾ってください。オアシスに水をかけていただければ、水替えの必要もありませんから」

「まあまあ、お気遣いありがとうございます。早速旦那様のお部屋にお届けいたしますね」

近藤が花籠を受け取ると、佐伯が促すように言った。

「他にも通いの者がおりますが、それはまた追々ご紹介させていただきます。まずは旦那様にお顔を見せて差し上げてください」

佐伯に白い扉の前に誘導され、咲希はその前で足を止めた。

この扉の向こうに、自分のおじいさまという人がいる。今まで縁のなかった祖父という存在に、咲希は急に緊張が高まり心臓の鼓動が早くなった気がした。

「緊張してる?」

気遣うような囁《ささや》きに、咲希は力ない笑みを浮かべる。

「少し」

「大丈夫。この扉の向こうにいるのは、血の繋《つな》がった君のおじいさまなんだから」

力づけるような言葉に、咲希は小さく頷いた。

「佐伯、開けてくれ」

東條の言葉に、佐伯は心得たように頷くと、扉に向かって声をかけた。

「旦那様、拓海様とお嬢様がお着きになりました」

佐伯が返事も待たずに扉を開けると、そこは広いリビングのような空間だった。

リビングといっても、一般家庭のそれとは広さが格段に違う。グランドピアノに真っ白なソファーの応接セット、それから毛足の長い絨毯《じゅうたん》。壁際のカップボードにはキラキラと光るクリスタルグラスがところ狭しと並んでいる。

庭に面した広い窓からは光がたっぷりと取り込まれ、その庭の方を向くように車椅子に乗った男性の後ろ姿があった。

——あの人が、おじいさま？

咲希が扉口で戸惑っていると、東條が車椅子に近づいて声をかける。

「おじいさま、咲希さんをお連れしましたよ」

車椅子に手をかけて、ゆっくりと咲希の方へと向きを変えた。

「……」

薄くまばらになった白い髪に、さざ波よりも深い皺《しわ》が刻まれた顔。

一目で病に冒されているとわかるほど目が落ちくぼんでいたけれど、その黒目には意志の強さが光っていて、少し気むずかしそうに見える。

その人を見た瞬間、咲希はとっさになにも言葉が思い浮かばず、ただ頭を下げることしかできなかった。

もっとテレビドラマや映画の再会シーンのように感情が高ぶったり、なにか血の繋がりを感じるような気持ちがわき上がると思っていたのに、目の前の男性は、咲希にとってはただの見知らぬ老人だった。

考えてみれば、父の顔を知らないのだから、初めて会う人と血の繋がりを感じる方が嘘《うそ》くさいのかもしれない。

咲希がそんなことを頭の隅で考えたときだった。

「……慎太郎によく似ているな」

見た目よりも力強い声に、咲希は失礼だと思いながらも祖父という人の顔を見つめ返した。

「はじめまして。蒔田、咲希です」

自分のどのあたりが父に似ているのだろう。さすがにいきなりそう聞くのは不躾《ぶしつけ》な気がして、咲希はまた口を噤《つぐ》む。

お互いがお互いから視線を外せないというのに、言葉が出てこない。さすがに息苦しさを感じた咲希が、言葉を探し始めたときだった。

「旦那様、お嬢様がこんなに素敵なお花を持ってきてくださいましたよ」

先ほどの扉から近藤が花籠を抱えて入ってきて、緊張していた空気が一気にほどける。

「さあさあ、拓海様もお嬢様もおかけになってください。ただいまお茶の準備をしておりますから」

その言葉に続くように、白いエプロンをした若い女性がティーセットをのせたワゴンを押しながら部屋に入ってくる。

近藤はテーブルに花を置くと、てきぱきと祖父の車椅子をテーブルのそばに移動させた。

「いかがですか、旦那様。お嬢様はお花屋さんにお勤めなんですよね。こちらはご自分でお作りになったんですか？」

「はい。お身体の調子が悪いと伺ったので、お菓子よりこちらの方がいいかと思って」

「いいですねぇ。やっぱりプロの方が活けると、華やかですもの。私もこちらのお花を活けさせていただきますけど、センスがないんでしょうねぇ。そうだわ、今度是非」

そこまで言いかけた近藤の言葉を、祖父が遮った。

「もういい、下がれ」

うるさいとでも言いたげに手を振ると、近藤がハッとしたように口元を押さえる。

「あらあら失礼いたしました。いつも旦那様にはしゃべりすぎだと怒られるんですよ。お嬢様、どうぞごゆっくりなさってくださいね」

祖父の厳しい言葉に慣れているのか、近藤は慌てる様子もなくお茶の準備を整えると、頭を下げて部屋から出ていった。

扉が閉まり、再び沈黙が訪れるのかと恐れた咲希の前で、祖父がため息をつく。

「まったく……あれは、うるさくてかなわん」

「そんなことをおっしゃるものじゃありませんよ。近藤さんはよくやってくれているじゃないですか」

窘《なだ》めるような東條の言葉に、祖父は小さく首を振った。

「あいつはなにを言うのも、いつも大袈裟《おおげさ》なんだ。今朝だって大丈夫だというのに車椅子に乗れと言い張って」

祖父の皮膚に刻まれた皺が、更に深くなる。

「それもおじいさまのことを心配しているからでしょう？　それに医師の立場から言わせていただくと、彼女に賛成ですよ。今の状態では身体に負担をかけないのが一番なんですから」

二人のやりとりをおとなしく聞いていた咲希は、その言葉に思わず口を開いた。

「東條さん、お医者様なんですか？」

確か、会社の経営者だと聞いていたけれど、それもみんな自分を探るための嘘だったのだろうか。

質問の意図に気づいたのか、東條が咲希を見つめて言った。

「今のところ本業は君に渡した名刺の通りだよ。一応医師免許は持っているけど、まあ、ペーパードクターだね」

そう言って笑ったけれど、医師免許を取るのはかなり大変だったはずだ。人一倍勉強して、大学だって普通の人より長く通う。仕事に役立っているとはいえ、咲希だったらもったいないと感じてしまうだろう。

「確かにおまえはあれこれ興味を持ちすぎで、医師には向いていないな。父親と一緒で経営者向きだ」

「おっしゃる通り、僕のように信念のない人間は、医師には向いていないんですよ。そうだ、咲希さんにはおじいさまの病院のことを話していなかったね」

「……おじいさまの通われている病院のことですか？」

「違うんだ。この藤原家が経営している病院のことだよ」

咲希はその言葉に目を丸くした。

「おじいさまは病院を経営されてるんですか？」

最初に聞いていた話より、だんだん話が大きくなってきている気がする。言われてみれば、この家を見ただけで、普通の家庭より格段に裕福だというのは理解できた。

もう少し予備知識を与えておいてくれてもよかったのにと、東條に恨み言を言いたくなる。

「藤原総合病院と言ってね、おじいさまはそこの理事長だよ。君の父上は院長を務めていたんだが……急逝されたので、今はおじいさまが院長も兼任されているんだ」

「総合病院……」

そう言われても、いまいちピンとこない。

自分の父という人が、医師だったということも驚いていた。母は看護師だったけれど、職場で出会ったということなのだろうか。

わからないことが多すぎる上に、想像を超える話ばかりで、だれか別の人のことを聞いているみたいだ。

するとずっと黙っていた祖父が、ゆっくりと口を開いた。

「わからないことはなんでも拓海に聞けばいい。どんな育ちをしているかは知らんが、おまえが早くこの家の人間としてふさわしくなれるよう教えるように言ってある」

「……は?」

「拓海から話を聞いているとは思うが、この家の跡取りは、おまえしかいない。なるべく早く婿養子をとって、この家を継ぐんだ」

「あ、あの……どういうことですか？」

　東條には顔を見せて欲しいと頼まれただけで、そんな話は聞いていない。それに、叔母夫婦の家から出るつもりも、この家に孫として住むつもりもなかった。

「私はおじいさまのお見舞いに伺っただけです。突然……そんなことを言われても困ります」

　目を見開く咲希に、祖父はあからさまな渋面を作って東條を見た。

「なんだ、ちゃんと話をしてないのか」

　祖父の視線の先で、拓海が困ったように眉を寄せている。

「おじいさま、まだその話は早すぎます。今日は顔を見せるだけでもと思ってお連れしたんですよ」

「なにを悠長なことを言ってるんだ。私には時間がないんだ！」

　祖父の声が一際大きくなる。

「それは違いますよ。おじいさまが手術を受けることにさえ同意していただけたら」

「それとこれとは別だ！　おまえが孫娘を見つけたと言うから私は……うっ！」

　怒鳴りつけるように叫んでいた祖父が、突然言葉を詰まらせて胸を押さえ前屈みになる。

　それを見た東條が慌てて祖父に駆け寄った。

「おじいさま！」

とっさにイスから立ち上がったものの、突然のことに咲希はその場から動けなかった。目の前で人が苦しんでいるというのに、足が動かないし、なにをしたらいいのかもわからない。

自分の時間だけが止まって、その場に足が張り付いてしまったように動けないのだ。

「おじいさま、大丈夫ですから落ち着いてください。ゆっくり深呼吸をして……そうです」

東條が祖父の身体を抱えるようにして咲希を見た。

「咲希さん、申しわけないけれど、佐伯を呼んでくれないかな。おじいさまを横にならせたいんだ」

「は、はいっ！」

その言葉に、凍りついていた咲希の頭がやっと動き出し、慌てて部屋を飛び出した。

すぐに佐伯と近藤がやってきて、東條を手伝い祖父を寝室に連れて行ったけれど、部屋の中に一人になった瞬間、咲希は糸が切れた操り人形のようにソファーに崩れ落ちた。

色々な情報が一気に押し寄せてきて、頭の中がグチャグチャだ。それに、目の前で祖父が倒れたのに、ただオロオロするだけでなにもできなかった自分が情けなかった。

すぐに駆け寄ることができなかったなんて、自分は冷たい人間なのではないだろうか。

それに、祖父は心臓が悪いと聞いていたのだから、自分がもっと考えて話をしていれば、あんなことにはならなかったかもしれないのに。

このまま一人でここに居てもいいのだろうか。咲希がそう思ったとき、東條だけが部屋に戻ってきた。

「一人にしてすまなかったね。突然のことで驚いただろう？」

そう気遣ってくれたけれど、咲希はただ首を小さく振ることしかできなかった。

「おじいさまは少し眠るらしい。話が中途半端で申しわけないけれど、家まで送ろう」

「……」

「咲希さん？」

なにも答えない咲希を不審に思ったのか、東條がその顔を覗《のぞ》き込む。

「大丈夫？　びっくりさせてしまったかな？　軽い発作だから、しばらく休めば問題ないんだ。安心していいよ」

その声音が優しくて、咲希はまた小さく首を振る。

「こんなことになるなら……来なければよかった」

「え？」

「おじいさまだって、きっとがっかりしたはずよ」

そう呟くと涙が滲《にじ》んできて、咲希は慌てて俯《うつむ》く。そんな咲希を見て、東條は視線を合わせるようにひざまずいた。

「どうして？」

「だって……」

優しく包み込むような視線で見つめられ、咲希は口ごもる。

「ひどいことを言われたから？　そのことだったら僕が悪いんだから、謝るよ」

「ち、違います。その逆です」

「え？」

訝《いぶか》しげに眉を寄せる東條に、咲希はどんな言葉で自分の考えを伝えればいいのかわからなかった。

「あの……私、たぶんすごく冷たい人間なんだと思います」

「なぜ？」

「さっき……おじいさまとお会いしても、なにも感じなかったんです。感動もしなかったし、なんの感情もわかなかった。おじいさまが倒れたのに、なにもできなかったし」

東條がほっとしたように眉間を緩める。

「そんなことか。それなら仕方がないよ。君たちは一度も会ったことがなかったんだから。

それに君は医者でも看護師でもない。気にしなくていいんだよ」

その言葉に、咲希は強く首を振った。

「おじいさまに申しわけなくて。せっかく会いたいと思って探してくださったのに、こんな薄情な孫だったなんて、きっとがっかりしたはずです。でも、突然跡を継げって言われても、〝はい〟って頷けなくて。そのせいで、おじいさまも具合が悪くなられてしまったし……」

自分が来なければ、祖父の体調だって悪くならなかった。それにもっと機転の利く人なら、言葉を選んでその場を取り繕うこともできたはずだ。

東條だって、きっとそんな咲希に失望しているのではないだろうか。申しわけなさに、咲希が再び俯いたときだった。

「……咲希さん、ありがとう」

聞き間違いではないだろうか。自分はお礼を言われることなんてなにもしていない。

「……あの」

思わず顔をあげた咲希に向かって、東條が笑いかける。

「僕は、おじいさまに孫を探して欲しいと頼まれたとき、内心反対をしていたんだ。もし血の繋がりがあったとしても、一度も会わずに育ったのだから、それはもう全くの他人なんじゃないか、家族の情なんて感じないんじゃないかって。それでおじいさまが傷つくなら、孫なんて見つからなくてもいいと思っていた」

東條の心配していた通りだ。実際、初めて会った祖父になにも感じるものなんてなかったのだから。

「前に、僕の祖母がおじいさまの妹に当たるって話したよね。藤原家には子どもがいないだろ。その代わりではないだろうけど、おじいさまは妹の孫である僕を、本当の孫のように可愛がってくれたんだ。それなら僕がいればいいじゃないかって思っていたんだ」

「……」

つまり東條は突然現れた孫、自分の存在を歓迎していないということだ。でも、実際におじいさまを怒らせて興奮させてしまったのは自分だし、東條にそう思われても仕方がない。

咲希の顔が曇ったことに気づいたのだろう、東條が慌てて口を開いた。

「違うよ、ちゃんと聞いて」

俯く咲希の頬に東條の手が添えられ、顔を上向かされる。

「君に会ってから僕の考え方が変わったんだ。おじいさまに頼まれて何度か君に会っているうちに……君がおじいさまの孫でよかったって考えるようになった」

「……東條さん」

「君は……なにも気にする必要なんてない」

ジッと瞳の中を覗き込まれ、まるで射すくめられてしまったように動けない。いつの間にかキスができそうなほど近くに東條の顔がある。

このまま見つめていたら、その漆黒の瞳の中に吸い込まれてしまいそうな気がした。

「……咲希さん……」

東條が口を開きかけたときだった。

控えめなノックの音がして、咲希の心臓がドキリと跳ねた。次の瞬間、頬に添えられていた手がパッと離れる。

「失礼いたします」

声とともに、佐伯が姿を見せた。

佐伯は立ち上がりながら咲希から離れる拓海におや、という顔で一瞬眉を上げ、それから何事もなかったようにその表情を整えた。

「よろしければ新しいお茶をお持ちいたしますが」

「いや、いいよ。僕たちもうお暇《いとま》するから」

そう答えた東條には慌てた様子もない。どうやら驚いたのは咲希だけだったらしい。

東條は落ち込む咲希を慰めようとしただけだ。それなのに、なにを期待してドキドキしてしまったのだろう。

その動揺を誤魔化すように、咲希もソファーから立ち上がった。

「佐伯さん、ご迷惑をおかけしてすみませんでした。おじいさまに……よろしくお伝えください」

そう言って祖父の家を後にしたけれど、一度東條に感じたときめきは、いつまでもおさまらなかった。

chap.5 シンデレラの憂鬱

「咲希～、東條さんがいらしたわよ！」

自室で化粧の仕上げをしていた咲希は、階下から聞こえたその声に、壁に掛けられた時計を見上げる。

今日は東條の提案で、もう一度祖父と会って食事をすることになっていて、そのために迎えにきてくれたのだ。

前回祖父の家を訪ねたときは、咲希の休みの平日に東條が都合を合わせてくれたけれど、今回は咲希が千春に事情を話して休みを調整してもらった。

社長である東條にいつも自分に合わせてもらうのは、申しわけない。

普段の咲希の休日は、自分から希望しない限り平日に決まっている。一緒に店を切り盛りしている千春に家族がいて、なるべく週末に休ませてあげたいという思いがあったからだ。

それにこれといって趣味のない咲希は、休みと言っても勉強も兼ねて植物園やホテルの庭園に出かけたりするぐらいで、フラワーフェスタなどのイベントに出かけるときは、平日に休みの方が逆に都合がよかった。

平日休みのデメリットと言えば、学生時代の友達と休みが合わないということぐらいで、恋人のいない咲希は特に不便を感じたことはない。

時計の針は約束の時間の三分前という絶妙な時間を指していて、咲希は慌ててバッグを掴《つか》むと自室を飛び出した。

なるべく騒々しくないよう、かつ早足で階段を下りると、玄関では叔母の由良子と東條が笑顔で言葉を交わしている。

なにを話していたのだろう。咲希は窺《うかが》うように東條を見た。

今日の東條はいつものスーツ姿ではなく、薄いブルーのストライプシャツにカジュアルな紺のコットンパンツ姿だ。

どうということのない服装なのに、きちんとして見えるのは、東條が元々持っている品、育ちの良さというものだろうか。

「咲希さん、おはよう」

「おはようございます。ごめんなさい、お待たせしました」

「いや、僕が早く来すぎただけだよ。女性を迎えに行くなら少し遅れる方が喜ばれるんだろうけど」

「いえ、私がのんびりしていたから……」

咲希は小さく首を横に振ると、準備してあったパンプスを急いで履いた。

「帰りもちゃんとお送りしますので」

東條はいつもの人好きのする笑みを由良子に向けてから、咲希のために扉を開けてくれる。

「あら、子どもじゃないんですから、その辺の駅で降ろしていただいていいんですよ。送り迎えをしていただくなんて申しわけないですもの」

「いえ、こちらの都合にお付き合いいただいているんですから、当然です。どうぞお気になさらずに」

こちらに気を使わせないスマートな受け答えに、由良子が満足げに頷《うなず》いた。

数日前から今日のことを心配していたから、東條の態度に安心したのだろう。

「じゃあ、帰りは寄っていってくださいね。いろいろ向こうのお宅のこともうかがいたいし、運転ばかりじゃ疲れるでしょう?」

機嫌よくそう言うと、笑顔で咲希と東條を送り出した。

車が走り出し、見送りの由良子の姿が見えなくなると、咲希はホッとしてため息を漏らした。

「どうしたの？　早く着きすぎて、慌てさせちゃったかな？」

笑いを含んだ東條の声に、咲希は首を横に振る。

「違うんです。叔母さんが、なにか失礼なことを言わなかったかなって」

東條に対して警戒心を露わにするとか、今まで音信不通だった藤原家に対して、なにか失礼なことを言ったりするのではないかと心配していたのだ。

最初、東條と藤原の祖父のことを由良子に伝えることにためらいがあった。だから初めて見舞いに行ったときは東條の話を内緒にしていたのだ。

今後も祖父と会い続けることになるかはわからないけれど、二度三度と回数を重ねていくとなると、やはり由良子に隠し続けるのは心苦しい。

実の娘のように大切に育ててくれた由良子に、隠し事はしたくなかった。

東條からもう一度席を設けたいという提案を受け、咲希は叔父も在宅している夕食時にその話を口にした。

跡継ぎ云々《うんぬん》の部分は省いて話をすると、二人とも最初はびっくりしたようだが、最後まで咲希の話を聞いてくれた。

「あのね、叔母さんたちがやめた方がいいって言うなら、会わなくてもいいかなって。どうせ、もともとお互いの存在も知らなかったんだし」

自分をここまで育ててくれたのは叔母夫婦だし、祖父との連絡を絶ったとしても、今まで通りなにも変わらないのだ。

すると、ずっと黙って話を聞いていた叔母が口を開いた。

「それは違うわよ。どうして姉さんがあなたのお父さんに頼らずに一人で子育てをしていたかは聞いていないけど、お互いになにか理由があったんだと思うの。だから、きちんと会って話をするのは大切なことよ。そのおじいさんとあなたには血の繋《つな》がりがあるんだから」

「でも……今まで父親は亡くなったってずっと思ってきたし、今は叔父さんと叔母さんが本当の両親だと思ってるし、今さらそんなことを言われても困るっていうか……」

咲希は思わず本音を口にした。

叔父や叔母が反対してくれたら、それを理由に断ることができる。自分がただ会いたくないというよりも、身内を理由にした方が断りやすい。そんな少しずるい考えが咲希の中にはあったのだ。

それなのに、由良子は咲希とは全く違う意見を口にした。

「咲希はまだ若いし、色々考えるところがあるかもしれないけど、おじいさんはご病気なんでしょ？　もしものことがあったとき、やっぱりちゃんと話をしておけばよかったと思っても遅いのよ。向こう様もそう思ったから、わざわざ咲希のことを調べてくださったんでしょう？」

「……」

由良子の言うことは間違ってはいない。自分だって、そう思ったから祖父の見舞いに行ったのだ。

「お父さんが亡くなっていたっていうのは残念だけど、そのおじいさんとお会いすることで、お父さんのことも聞けるんじゃないかしら。それにね、咲希はもうおじいさんやお父さんの存在を知ったわけでしょう？　一度でも知ってしまったら、そのことに無関心でいることなんてできないのよ」

確かにその通りだった。

ずっと存在すら知らなかったのだから、今さら関係ないと何度も自分に言い聞かせるのに、気づくとそのことばかり考えてしまう。

祖父はあの豪邸で、今もひとり佐伯や近藤に世話をされて暮らしているのか、もし自分があの家の娘として暮らしていたらどうなっていたのだろうと、ふと思ってしまう。

結局由良子の説得もあり、東條の提案を受け入れることになったけれど、前回あんな形で別れてしまった祖父ともう一度顔を合わせなければならないことが、少し憂鬱だった。

今日は場所を変えて東條の家で食事の場を設けるということになり、車は首都高速を走り横浜を目指していた。

休日の午前中の割にはスムーズな車の流れにぼんやりと身を任せていた咲希は、東條が時折こちらの様子を窺っていることには気づかなかった。

「もしかして、車に酔いやすいタイプ？」

「……え？」

突然頭の中に声が飛び込んできて、咲希は驚いて顔を上げた。

「ごめんなさい。ぼんやりしてて……」

「ずっと黙っているから、車に酔ったのかなって思ったんだ」

「あ、いえ。店でも車を運転しますから、大丈夫です」

慌てて姿勢を正すと、東條が安堵《あんど》したように微笑んだ。

「ならいいんだ。ほら、自分の運転は平気だけど、人の運転する車は苦手だっていう人もいるだろ？　咲希さんもそうなんじゃないかって」

東條はハンドルを握りながら、横目でもう一度咲希を見る。

「じゃあ、その顔はおじいさまに会うのがあまり乗り気じゃないってことかな？」

「……おじいさまの体調はいかがなんですか？」

「大丈夫。昨日連絡したらおじいさまの調子もいいみたいだから、佐伯がうちまで送るそうだよ。実は、今日の食事会を提案してきたのはおじいさまなんだ」

「え？」

てっきり東條のアイディアだと思っていた咲希は、驚いてハンドルを握る横顔を見つめた。

「おじいさまが、場を改めてもう一度咲希さんと話す機会を作って欲しいと言ったんだ。僕ももう一度二人で話をした方がいいと思っていたのは本当だけど。ただおじいさまの体調のこともあるし、外で食事をするより、なにかあったらすぐに休める場所がいいんじゃないかと思って、僕の家をお勧めしたんだ」

「そうだったんですか……でも、だったら私じゃなくておじいさまを迎えに行って差し上げたらよかったのに。私はひとりでどこにでも行けるんですから」

言葉を交わしているうちに少しリラックスしてきた咲希は、思っていたことを口にした。

東條は最初に会ったときから紳士的だったけれど、二人で何度か会ってみると、自分にとても気を遣ってくれているのだとわかる。

でもそれは咲希が藤原家の孫で、東條が敬愛しているおじいさまのためにしているだけで、咲希のためではない。

だったら、あまり優しくしないで欲しい。そう思っているのは、自分が一度でも東條に惹《ひ》かれてしまったからなのかもしれない。

あの夜、一度だけキスをしてしまったけれど、東條と血の繋がりがあるとわかってしまった以上、自分からしたキスではないにしろ、なんだかいかがわしい気がしてしまう。

これからは親戚同士として、距離を保ってつき合うべきだ。

「相変わらず、ガードが固いんだね。もう少し僕に甘えてくれてもいいと思うんだけど」

「え？」

まるで考えていたことを読まれたような言葉に目を見開いた。

「僕がしたくてしてるんだから、気にしなくていいってこと」

そう答えた東條の横顔はなぜか楽しげで、咲希はただその笑みを見つめることしかできなかった。


東條の自宅は、木々に囲まれたクネクネとした坂道を上りきった、広い高台にあった。

観光客で賑《にぎ》わう横浜港からは少し離れていて、喧噪《けんそう》とは無縁の閑静な高級住宅街だ。

白い瀟洒《しょうしゃ》な鉄柵の門を抜けると、昔旅行のパンフレットで見かけたヨーロッパの教会風の建物が見えてくる。

「素敵……」

横浜という土地柄に似合ったその建物に、咲希は思わずそう漏らしていた。

「気に入った？」

「ええ。素敵なお宅ですね」

自分が住むなら立派すぎて落ち着かない気がするけれど、それは口にしないでおく。

「おじいさまの車は、まだ着いていないみたいだな」

ガレージに車を停め、助手席の扉を開けた東條が言った。

東條の視線を追うように屋敷の入り口に視線を向けると、黒塗りの高級車が一台停まっているのが見える。

あれはおじいさまの車ではないのだろうか。咲希がそう尋ねようとしたときだった。

石段の上の玄関扉が開いて、白いパンツスーツ姿にハンドバッグを手にした年配の女性が姿を見せた。

「あら、早かったじゃない！」

女性は嬉《うれ》しそうに笑顔で石段を下りると、二人の前に立つ。その後ろには、スーツケースを手にした男性が従っている。

「お母さん、もう出られるんですか?」

「ええ。伯父様のお顔を見てから出かけたかったんだけど、もう出ないと、飛行機の時間に間に合わないのよ」

女性はそう言ってスーツケースを手にした男性に荷物を積み込むように手振りで指示を出す。それから東條の後ろに控えていた咲希に視線を向けた。

「あなたが咲希さんね。慌ただしくてごめんなさいね。旅行に行くことは半年も前から決まっていて、予定が動かせなかったのよ」

そう言うと、シミひとつない白い手を伸ばして、咲希の腕に触れた。

「可愛らしい人。私はあなたの叔母のようなものなんだから、これから仲良くしましょうね。そうだわ、帰国したらゆっくり……」

そこまで言い掛けたとき、車に荷物を積み込んだ男性が控えめに囁《ささや》いた。

「奥様、そろそろお出にならないと飛行機の時間に間に合いませんが」

「あら、大変! 家の者には言いつけてありますから、ゆっくりしていってちょうだい。困ったことがあったら、拓海に相談してね」

東條の母親は早口でそうまくし立てると、返事をする間もなく慌ただしく車に乗り込み出かけていってしまった。

突然の出来事に呆気《あっけ》にとられていると、咲希の隣で東條が苦笑いを漏らす。

「まったく……あの人は相変わらずだな。咲希さん、突然で驚いたと思うけど、あれが僕の母親。趣味は旅行でね、今日の食事会を決める前から旅行の予定が決まっていたものだから、ゆっくり紹介できなくて申しわけない。まあ、今のであの人がどんな人なのかわかったと思うけど」

「はあ」

まるで突然つむじ風が通り抜けたみたいだ。

一般的な家庭の母親とはかけ離れているけれど、若々しくて少女のような天真爛漫《てんしんらんまん》さと真面目な東條とのギャップは、少し不思議で少しおもしろい。

もしかしたら東條にもあんな一面が隠れているのだろうか。

案内されて屋敷の中に入ると、祖父の家同様お手伝いさんが出迎えてくれて、居心地の良さそうなサンルームに案内された。

「どうぞ。すぐにお茶を用意させるから」

そう言われて、咲希は光に誘われるようにサンルームに足を踏み入れた。

広いリビングルームからガラス扉で繋がったサンルームは全体がガラス張りで、天井がドームのように丸くなっていて、まるで大きな鳥かごのようだ。

ローテーブルを挟んで、三人ほどが座れそうな大きなソファーと一人掛けのソファーが二つ。どちらも籐《とう》でできていて、ソファーの座面は小花が散らされた布で覆われていた。

庭はイギリス式で、よく手入れされた薔薇《ばら》のアーチやたくさんの種類の草花が花壇に寄せ植えされている。サンルームのソファーに腰掛ければ庭が一望でき、まるでおとぎ話の主人公にでもなった気分だ。

「素敵！」

庭園や植物園を見るのが好きな咲希は、思わずガラス窓に貼り付くように身を乗り出す。すると、背後で東條が小さく笑った。

「気に入った？　咲希さんは仕事柄うちの庭に興味があるんじゃないかと思ったんだ。本当ならここは家族ぐらいしか使わない部屋なんだけど、もう咲希さんは家族だから」

東條は優しく微笑むと、テーブルを挟んで向かい側のソファーに腰を下ろした。

祖父の家の庭も芝生と庭木がよく手入れをされていたけれど、このイギリス式の庭はプロの目から見てもかなり手が込んで、こだわりが感じられた。

「母の趣味なんだ。十年ほど前にイギリスを旅行したときに気に入ったらしくて、帰国したらいきなり庭を改装し始めたんだよ。よかったら今度母の話し相手になってくれたら嬉しいな。僕はそっちの方は全然わからなくてね」

「手入れはお母様が？」

「いや、あの人は庭仕事なんかしないよ。専門の庭師に頼んでいるんだけど、あれはこっちだ、そこにはあれを植えろって、口だけは庭師並だよ」

辟易《へきえき》したような口調に、咲希は思わずクスクスと笑いを漏らした。

「ああ、やっと笑顔になったね」

「え？」

ホッとしたような声音に、咲希は東條の顔を見つめた。

「今日はずっと表情が硬かったから。やっぱり、緊張してる？」

そう言って笑みを浮かべた東條の顔は優しくて、咲希ははにかんだように唇をゆがめた。

「また……おじいさまを怒らせてしまったらどうしようって思ってたんです。きっとおじいさまの望むことをして差し上げられないから」

祖父はまた跡継ぎの話をしてくるに違いない。そうでなければ、わざわざこんな会食の場など設けなかったはずだ。

再び憂鬱になって、窓の外へと視線を移したときだった。

「……そのままでいいよ」

東條は立ち上がって、窓辺に立つ咲希に寄り添うように近づく。

「咲希さんは思った通りにすればいいよ。おじいさまにはおじいさまの考えがあるように、君には君の考えがある。君の人生を決める権利は、君にしかないんだから」

「東條さん……」

凝りのように硬くなっていた心が、フッと緩む。

彼は祖父のことだけではなく、自分のことも気遣ってくれている。東條の優しさにお礼の言葉を口にしようとしたときだった。

「……っ！」

窓に触れていた咲希の左手に、東條の右手が重なる。優しく包み込むような温かさに、咲希は声にならない声を漏らした。

東條とキスをしたことは忘れて、親戚同士としての距離を保とうと決めたばかりなのに、身体がカッと火照り始める。

今までに男性に触れられただけで、こんなふうに感じたことなどないのに。

ドクドクと脈打つ音が頭の中まで響いてきて、咲希が半ばパニックになりかけたときだった。

ノックの音がして、咲希はまるで熱いものにでも触れたかのように手を引いた。

すぐに玄関で出迎えてくれたお手伝いの一人が顔を覗《のぞ》かせる。

「拓海様、藤原様のお車が到着いたしました」

「ああ、早かったな。咲希さん、おじいさまが到着したようだ。行こうか」

そう答えた東條の顔は、いつもと変わらない落ち着いた表情だ。

今のはなんだったのだろう。ただ親戚として、慰めるためのことだったのかもしれない。

その証拠に、突然現れた手伝いの人間に見られてもやましい顔や、動揺した様子もなかった。

自分だけこんなにドキドキしていてバカみたいだ。東條になにを期待しているのだろう。

「咲希さん?」

窓辺でぼんやりとする咲希に、東條が訝るように視線を向ける。

「あ、今行きます」

咲希は慌てて後を追って、東條が腕で押さえてくれていた扉を通り抜けた。

まだ東條に惹かれ続けているということを知られてはいけない。ただでさえ、彼には気遣ってもらい、迷惑をかけているのだ。

「また緊張してきた?」

「……平気です」

咲希は揺れている自分に気づかれないように、東條の顔から視線を背けた。

chap. 6 君を支えたい

前回会った時は車椅子に座っていたけれど、今日は東條の手を借りながら自分で歩く祖父を見て、咲希はホッと胸を撫《な》で下ろした。

「こんにちは。車椅子でなくても大丈夫なんですか？」

東條とは反対側に回り祖父に手を貸すために手を伸ばすと、祖父はその手をはらうように大きく腕を振った。

「大袈裟《おおげさ》にするな。元々車椅子など必要ないんだ。どいつもこいつも人を年寄り扱いしおって」

「……すみません」

相変わらずの剣幕に口をつぐむ咲希に、東條が助け船を出す。

「長い時間でなければ大丈夫なんだ。医者としては無理をして欲しくないんだけどね。おじいさまは頑固なんだ」

「余計なことを言うんじゃない。史子《ふみこ》はどうした？　迎えに出てこんのか」

「旅行だとお伝えしたじゃないですか。元々こちらより先に予定が決まっていたんですよ。おじいさまによろしくと言っていました」

「ふん、どうせ遊び歩いているんだろう。あいつは昔からあちこち自由に飛び回っているからな。拓生《たくお》君もよく我慢しているものだ」

史子というのは先ほど会った東條の母親で、拓生というのは東條の父親のことだろう。よく結婚をすると親戚が増えて覚えるのが大変だという話を聞くけれど、今の自分も似たような立場なのかもしれない。

きっとまだまだ知らない名前がたくさん出てくるのだろう。

食事は祖父が好きだというホテルに東條が予めケータリングを依頼していて、色鮮やかな割烹《かっぽう》会席が振る舞われた。

東條の家の手伝いの人たちとは別に、ホテルからやってきた料理人が目の前で盛りつけながら給仕をしてくれるなど、咲希には初めての体験だ。

ただ、人が多すぎて祖父と深い会話をするわけにも行かず、咲希は当たり障りない料理の感想を口にすることしかできなかった。

だから先ほどのサンルームでお茶を、と東條が勧めてくれたときは少しホッとした。人に世話をされながら食事をするなんて、落ち着かなかったのだ。

お茶の準備が整い、手伝いの人も部屋を出ていったときだった。

「おじいさま、せっかく寛いでいただいているところ申しわけないですが、僕は少し仕事の連絡をしたいんです。咲希さん、しばらくおじいさまの相手をお願いしてもいいかな?」

「え……」

東條の言葉に、咲希は無意識にその顔を縋《すが》るように見た。

食事中もずっと東條を介して話をしていたから、二人きりになったらなにを話していいのかわからない。

「すぐに戻りますから、どうぞゆっくりなさってください」

咲希の視線に、東條はただ力づけるように頷《うなず》き返しただけで部屋を出て行ってしまう。

すぐに沈黙という名の静寂が訪れて、咲希は耐えきれず口を開いた。

「あの、おじいさま、お茶のおかわりを……」

そう言いかけて、お互いの前にあるティーカップは手つかずのままであることに気づく。たった今お茶が運ばれてきたことすら忘れてしまうほど緊張している自分に、どうやってこの場を持たせればいいのかわからない。

咲希がいたたまれなさに俯《うつむ》くと、祖父が先に口を開いた。

「そんなに緊張しなくてもいい。その……この前のようにするつもりはないんだ。いや、この前だってあんな言い方は……」

　東條をまくし立てていた口調とは違う弱々しい言い方に顔を上げると、テーブルの反対側から咲希を見つめる祖父の視線とぶつかった。

「よければ……ソファーに移らないか。ここは話をするのには遠すぎる」

　確かに二人の間にはアンティークの大きな丸テーブルが鎮座していて、込み入った話をするのには不向きだった。それにサンルームのソファーの方が、日当たりがよくて祖父の身体にもいいだろう。

　咲希が立ち上がる手助けをするために近づくと、祖父が小さな声で言った。

「……この前は、すまなかった」

　その言葉に目を見開いたとき、差し出していた手に祖父の手が触れた。思ったより艶があるけれど、痩せて皺《しわ》の寄った老人の手だ。

　咲希はなにも言わずに祖父が立ち上がるのを助けると、サンルームのソファーまで連れて行く。それからティーセット一式を運ぶと、一瞬迷ってから、ためらいがちに祖父の隣に腰を下ろした。

　籐《とう》のソファーが小さく軋《きし》んで、その音に咲希は自分から座ったのに、身体を硬くしてしまう。

ガラス窓からは午後の日差しが降り注ぎ、丹精された庭は相変わらずおとぎ話の世界のように素敵だ。

隣に座る祖父も、咲希と同じようにただ庭に視線を向けている。これからあと何度祖父と一緒にこうして並んで座ることができるのだろう。

せっかく祖父の方から話しかけくれたのだから、きちんと話しておかないと後悔する。

由良子の言葉を思い出して、咲希は勇気を振り絞って口を開いた。

「先日は……おじいさまの気分を害するようなことを言ってしまって、申しわけありませんでした」

「いや、私も言い過ぎたんだ。昔から結論を急ぎすぎるところがあるんだが、あとで拓海に叱られたよ」

「東條さんに?」

咲希が驚いて目を見開くと、祖父は小さく肩を竦《すく》めた。

「あいつは穏やかそうに見えるが、ああ見えて強引だったり、厳しいところがあるんだ。なんというか、白黒がはっきりしているのが好きなんだな」

なんとなくわかるような気がして、咲希は祖父の言葉に小さく頷いた。

最初は祖父と会うことを拒んでいた咲希を、結局は納得させてしまった。人当たりがいいから見逃してしまいがちだが、もしかしたら自分で決めたことは最後までやりきりたいタイプなのかもしれない。

「あの……おじいさまは私が生まれていたことをご存じだったんですか？　叔母からは……母が未婚のまま私を生んで、父は亡くなったと聞かされていたんです」

それはずっと気になっていたことだった。東條から父が別の女性と結婚していたことは聞かされたけれど、自分の存在を知っていてくれたのだろうか。

「それは……」

祖父は口ごもると、ティーカップに手を伸ばし、少しぬるくなったお茶をすする。それからゆっくりとカップを戻すと、意を決したように口を開いた。

「おまえが父親を知らず育ったのは……私のせいなんだ」

「……え？」

「おまえの母は、うちの病院で働いていたんだ。その頃、慎太郎には見合いの話が進んでいた。おまえの母との関係を知った私は、慎太郎には黙って、別れて欲しいと頼みに行った。いや……今思えば、今後の仕事のことと慎太郎の将来をちらつかせて、高圧的に別れるように迫ったんだ」

力強かった祖父の弱々しい声に、咲希は必死で耳を傾けた。

「そのときすでにおまえを妊娠していて、私は子供を諦めるように、今すぐ病院を辞めるように言った。もちろん次の病院への紹介状や、それなりの金を払うつもりだった。でも、おまえの母はなにも言わず、突然病院を辞めた。なにも受け取らず、慎太郎の前から姿を消したんだ」

祖父は苦しそうに浅い呼吸を繰り返し、ゆっくりと目を閉じながらソファーに身体をもたせかけた。

「おまえを生んでいたことを知ったのは、それから数年以上たってからだった。たまたま知り合いの病院で、おまえの母が働いているところを見かけたんだ。どうしていたのかと興味を持って念のため調べさせると、シングルマザーであることがわかった。年齢から見ても、慎太郎との子であることは間違いない。でも……私はそのまま見て見ぬ振りをしてしまったんだ」

ためらいがちな告白に、咲希は相づちを打つこともできず、ただ祖父の横顔を見つめることしかできなかった。

腹が立つとか、母にそんなひどいことをした祖父を詰《なじ》るという感情は浮かんでこない。聞かされているのは別の人の人生で、まるでテレビドラマを見ているような気がする。

「おまえの母親が亡くなっているのを知ったのは、慎太郎が亡くなってすぐだった。勝手だと言われるかもしれないが、慎太郎の忘れ形見であるおまえと、今からでも一緒に過ごしたいと思って拓海に調べさせた」

閉じていた目をゆっくりと開き、話しだしてから初めて、祖父が咲希の顔を正面から見つめた。

まだ血の繋《つな》がりのある近しい人だという感覚はないけれど、それでも咲希との新たな関係を作り出そうとしている気持ちだけは伝わってくる。

咲希は頭で考えるより先に、祖父の手に自分のそれを重ねていた。

「話してくださって、ありがとうございます」

「……怒っていないのか？」

虚を突かれたように咲希を見つめる祖父の手を、強く握る。

「いつか……母のお墓に案内します。それから、おまえって呼ばれるのはあまり好きじゃないです。できれば名前で呼んで欲しいんですけど」

「……咲希、そう呼んでもかまわないのか？」

祖父がためらいがちに咲希の手を握り返す。

「もちろんです。それより、私の父はどんな人だったんですか？　うちには写真の一枚もないので、全然実感がなくて」

「ああ、そうだったな。写真ならたくさんあるから、いつでもうちに遊びに来るといい。私が話さなくても佐伯や近藤がいやでも耳に入れるだろうが」

祖父の表情が緩む。会ってから初めてと言ってもいいぐらい、穏やかな顔だ。

咲希は自分の選択が間違っていなかったことに安堵《あんど》して、ホッとため息を漏らした。

「おじいさま、ひとつだけお話をしておきたいんですけど」

咲希はその顔を窺《うかが》うように、ためらいがちに口を開いた。

「私を跡継ぎにしたいとおっしゃっていた件です」

「ああ、そのことか」

咲希は小さく頷いた。

祖父と交流を続けるというのはいいとしても、自分に藤原家の跡を継ぐ資格があるとは思えない。その点だけははっきりと伝えておきたかった。

「この前は話を急ぎすぎたと思っている。拓海にもまずは信頼関係を築く方が先だとな」

その言葉に、咲希はホッと胸を撫《な》で下ろした。でもそのあとに続いた言葉に、咲希は再び困惑してしまう。

「ただ、私もそうそう長生きはできないということだけはわかってくれ。できれば……慎太郎の娘として死後の強制認知の届けを出すか、私と養子縁組をしてもらいたいと考えているんだ。今さらなにをしてやることもできないが、私のすべての財産をおまえに残したい」

「それは……」

財産などいらないから、祖父と孫としての交流を続ける。それだけではダメなのだろうか。

「私はそんなつもりでおじいさまに会いに来たんじゃありません！」

つい声を大きくすると、祖父は宥《なだ》めるように咲希の手を叩《たた》いた。

「ああ、わかっている。私がそうしたいだけだ。ただ心配なのは、私が死んだあとだ」

「え？」

「私がおまえに残してやるものは、はっきり言って少ないとはいえない。そのとき、そばにいてくれる人間が必要だ」

祖父の言葉の意味が理解できず、咲希は首を傾げた。

「なるべく早く、一緒になってくれる人を見つけておいた方がいい」

「おじいさま⁉」

つまり、咲希に結婚をしてその人と藤原の名前を継げと言っているのだろうか。

「そんなに驚くことでもないだろう？　咲希も年頃なんだ、結婚を考えている人がいるんじゃないか？」

「そ、そんな人いません！」

「それなら私が何人か身元が確かな人間を紹介してもいい」

「紹介って……こ、困ります！」

咲希の慌てた様子に、祖父はなぜか小さく笑いを漏らした。

自分はなにかおかしなことを言ったのだろうか？

「……なにがおかしいんですか？」

「いや、孫娘に早く夫を見つけてやりたいと思っているのに、悪い虫が付いていないことに喜ぶ自分がおかしくてな。まあ、そのことは追々考えるとしよう。今日は……咲希と話ができてよかった」

「……私もです」

安堵したようにため息を漏らす祖父に、咲希はそっとその手を握り返した。


東條の家の玄関先で祖父を乗せた車を見送った咲希は、その車が門の向こうに消えたのを確認してから、ホッとため息をついた。

「ご苦労様。気むずかしやのおじいさまを、すっかり手なずけたみたいだね」

まるで猛獣でも相手にしていたかのような東條の口調に、咲希は思わず笑みを漏らした。

「ありがとうございました。東條さんのおかげで、おじいさまとちゃんと話をすることができました」

「僕はなにもしてないよ」

東條はいつもの柔らかい笑みを浮かべて咲希を見つめた。

「だって東條さん、私たちが二人で話をできるように、わざと席を外してくださったんでしょ？　ありがとうございます。このまま意地を張って会わずにいて、おじいさまにもしものことがあったら、きっと後悔していたと思うんです」

色々と新たに考えることができてしまったけれど、祖父と話をできるようになったのは東條のおかげだ。

「さ、お茶でも飲もう。少し休んでから、家まで送っていくから」

「はい」

その言葉に素直に頷きながら、祖父が話していた跡継ぎや結婚のことが気になった。

東條は咲希に声をかける前から色々と身辺調査のようなことをしていたし、祖父が咲希の結婚を望んでいることも聞いているのだろうか。

別に独身主義というわけではないけれど、まだ仕事に集中していたいし、現実に誰かと結婚したいと考えたことはなかった。

突然結婚のために信頼できる相手を探せと言われても、実感がわかない。

ぼんやりと考え事をしながらサンルームに足を踏み入れた咲希の表情を、東條は見逃さなかった。

「なんだか急に浮かない顔になったね。疲れた顔をしているし、おじいさまとなんの話をしたのか聞いてもかまわない？」

いつの間にか運び込まれたティーセットを前に、東條はソファーから身を乗り出すように咲希の顔を覗《のぞ》き込んだ。

「……おじいさまに、財産のすべてを私に残すつもりだってはっきり言われました。それから……藤原家を継いで欲しいって……そのために、早く結婚をして欲しいって」

「なるほどね。君の浮かない顔の原因はそれか」

「あの……どうしたらいいんでしょうか。私、まだそんなこと考えたこともなくて」

そう口にしてから、急に恥ずかしくなる。これではまるで東條に結婚について相談をしているみたいだ。

「咲希さんは、おじいさまになんて返事をしたの？」

「……なにも言えませんでした。せっかくお話ができるようになったのに、また気分を悪くされたらと思うと、怖くて」

俯《うつむ》いて両手をギュッと握りしめる。

もしかしたら、もっとちゃんと自分の意思表示をしておいた方がよかったのかもしれないと、今になって不安になる。

祖父の口調では、今すぐにでも見合いでもなんでもして相手を見つけかねない雰囲気だった。

今このときにもその話が進んでいたら、また祖父を傷つけることになる。

咲希が自分の考えに没頭していると、座っていたソファーが小さく傾ぐ。その気配に顔を上げると、いつの間にか東條が咲希の隣に腰を下ろしていた。

「あ……」

「そんな顔をしないで」

東條は優しく囁《ささや》くと、咲希の身体を自分の広い胸の中に抱き寄せた。

「東條、さ……っ」

「しーっ。君は疲れているんだよ。なにも考えずに、少し休んだ方がいい」

腕の中で身動きする咲希の背中を、大きな手が宥《なだ》めるように撫《な》でる。

「ほら、目を閉じて深呼吸をしてごらん」

子どもをあやすような言い方なのに、それが心地いい。

咲希は言われたとおり東條の胸の中で目を閉じて、ゆっくりと深呼吸を繰り返した。

コロンだろうか。すっきりとしたミントの香りがして、爽快な香りに少しだけ気持ちが楽になる。

まるで親鳥の羽に守られている雛鳥《ひなどり》の気分だと言ったら、東條は怒るだろうか。

この温もりの中に、ずっと包まれていたい。背中を撫でる手が優しくて、咲希は不意に口を開いた。

「私……怖いんです」

東條なら、この漠然とした不安をわかってくれるのではないか、そう思った。

「なにが怖いの？」

優しい声音に、咲希は少しだけ身体を起こし東條を見上げた。

「だって……どんどん話が進んでしまって、私が今まで知らなかった世界に巻き込まれる……飲み込まれてしまうような気がして」

一気にそこまで口にすると、自分でも思ってみなかったことに、目の奥がジンと痺《しび》れてくる。こんなことで泣く必要などないのに。

瞬きをしたら、きっと涙がこぼれてしまう。それでも泣き顔を見られたくなくて目を伏せようとしたときだった。

背中を撫でていた手が頭の後ろに回り、そのまま涙ごと顔を広い胸に押しつけられた。

「……っ」

「大丈夫だよ。僕が君の支えになる。君は……なにも心配しなくていい」

「……東條、さん」

――どうしてそんなに優しくしてくれるの？

そう尋ねようとして、咲希は口を噤《つぐ》んだ。もし、親戚同士だから、そんな答えが返ってきたら怖い。だったら、今はこの温もりに甘えていたい。

咲希はまだ東條がただのお客様だと思って憧れていた頃の自分に戻ったつもりで目を閉じた。

咲希が次に目を開いたとき、突然見知らぬ景色が目に映った。

白い天井とクリスタルでデコレーションされたシーリングライト。身体が沈み込んでしまいそうなほどフカフカの寝床に、包まれている上掛けは羽のように軽い。

見知らぬ場所だというのに、あまりの心地よさに、咲希がこのままもう一度眠りについてしまいたい欲求にかられ目を閉じかけたときだった。

誰かが身動ぎをする気配を感じて、咲希は周囲をゆっくりと見回した。

「……目が覚めた?」

その顔を見つけた瞬間、咲希は驚きのあまり心地よい寝床から飛び起きた。

「東條、さん……?」

自分はどうしてこんなところで寝ているのだろう。確か、祖父を見送って、東條とサンルームで話をしていたはずなのに。

「覚えてない? 君はサンルームで泣き疲れて、そのまま眠ってしまったんだよ」

「え?」

言われてみれば、つい不安を口にして、東條に抱きしめられた記憶はある。

もしかして、子どもみたいに泣き疲れて眠ってしまった自分をベッドに運んでくれたんだろうか。

しかも、眠っている顔を東條に見られたのだと思うと、もう一度上掛けの下に潜り込み、二度と東條に顔を見せたくなかった。

「ご、ごめんなさい……っ」

咲希はベッドの上で東條に向かって頭を下げた。

明かりはベッドヘッドの上に備え付けられたライトだけで、それも明るさが絞られているのか、すぐそばに立っている東條の表情がなんとかわかる程度だ。

薄い上掛けが身体から滑り落ちて、家を出たときと同じワンピースが現れたことに咲希はホッと胸を撫で下ろした。

「謝らないで。僕が勝手にしたことなんだから」

東條はそう言うと、ベッドサイドに腰を下ろした。

小さくベッドが軋《きし》むのを感じて、咲希の心臓がドキリと跳ねる。それだけでも心臓に悪いのに、東條は片手を伸ばして、咲希の頬に触れた。

「……っ！」

思わずビクリと身体を震わせると、東條は手を引いて、申しわけなさそうな笑みを浮かべた。

「ごめん。疲れているみたいだから、ちょっと顔色を見たかったんだ。貧血でも起こしていなければいいいんだけど」

触れられたことに過剰に反応してしまった自分が恥ずかしくなる。彼は医者なのだから、こうして触れてきたとしても意味はないのだ。

それでも期待するかのようにドキドキと騒ぎ出す心臓の音に気づかれないように、咲希は大人しく東條の手に身を委ねた。

温かな指先が再び頰に触れ、優しく下まぶたを引っ張る。正面から顔を覗き込まれて、すぐそばで東條の息づかいを感じてしまう。

ほんの数秒のことなのに、咲希にはそれがとても長い時間に感じられた。

「うん。熱もないし、少し疲れているみたいだけど、大丈夫そうだね」

そう言って東條が手を離してくれたときは、大きくため息をつきたい気分だった。

「ありがとうございます。私、そろそろお暇《いとま》しないと」

どれぐらい眠っていたのかはわからないけれど、レースのカーテンの向こう側が暗い。

今は何時なのだろう？　咲希が時計を探して部屋の中を見回したときだった。

「もう少し待っても君が目を覚まさなかったら、部屋を出ていくつもりだったんだ」

「え？」

東條の言葉に、咲希は視線を彼の顔に戻す。すると、一度離れた手が再び咲希の頰に触れた。

「僕は最初から君がおじいさまの孫だと知っていた。でも……それでも君に惹《ひ》かれてしまうのを止めることができない。どうしたらいいのかな」

「……東條さん……」

ゆっくりと東條が身を屈めて、整った顔が少しずつ近づいてくる。次に起きることがわかっていて、咲希はそれに応えるように目を閉じた。

一度だけ感じたことのある東條の唇は、薄れかけた記憶と変わらず、それ以上に優しく咲希の唇に触れた。

始めは焦らすように、それから強く押しつけられた唇は熱く、その熱は一瞬で咲希の身体を火照らせる。

甘く痺れるような刺激に身体が震え、咲希が思わず恥ずかしさも忘れてねだるように唇を開きかけたときだった。

スッと唇が離れて、熱が遠のいていく。

「……あ」

濡《ぬ》れてうっすらと開いた唇から声が漏れ、ジンジンと軽い火傷のような疼痛《とうつう》を訴える。

なにが起きたのか、どうして東條がキスをやめてしまったのかわからず、咲希はキスの余韻で潤んだ瞳で東條の顔を見つめた。

「ごめん……君を前にしてしまうと、どうしても我慢がきかなくなるみたいだ」

自嘲するような笑みに、咲希の胸に疼《うず》くような痛みが走る。

どうしてそんなふうに笑うのだろう。自分たちが惹かれあうのは悪いことなのだろうか。

少なくとも東條はそう考えているように思える。その証拠に、キスのあと東條は咲希の顔を見ようとはしなかった。

「……そうだ、今日はこのままこの部屋に泊まってくれてかまわないから。君の叔母さんには僕の方から連絡してある。おじいさまと話が弾んで遅くなったので、このままうちに泊まると伝えたんだ。明日も仕事だろう？　明日の朝、僕が店まで送っていくから」

東條はそれだけ言うと、ベッドサイドから立ち上がった。

——行ってしまう。

そう思った瞬間、身体が勝手に動いて、咲希は東條の腕に手を伸ばしていた。かろうじてシャツの袖口を摑《つか》むと、それに気づいた東條が少し驚いた顔で振り返る。

「どうしたの？　なにか足りないものでもある？」

その問いに、咲希は小さく頭を振った。

「……あの……そばにいて欲しいの」

一度味わってしまった東條の温もりは麻薬のようで、一人にはなれそうにない。迷惑だと思われても、今は東條にそばにいてほしかった。

いつの間に、こんなに東條が特別な存在になったのだろう。初めて会ったときから素敵な人だと思って憧れを抱いていたけれど、今は違う。

ジッと東條に見つめられているだけで、身体の奥の方がジンと痺れて、熱がでてしまいそうな気がする。男性として、そばにいて欲しい。

そんな自分が恥ずかしくて目を伏せると、東條がはっきりとした声で言った。

「……自分がなにを言っているのかわかってる？」

怒っているのだろうか。声の調子が気になってもう一度その顔を見上げると、東條は咲希が握っていたシャツから、優しく指を引きはがした。

「あ、あの……」

やっぱり、口にしてはいけないことだったのだ。自分の大胆さが恥ずかしくて、このまま上掛けの中に潜り込んでしまいたい。

「ごめんなさ……」

謝罪の言葉を口にしかけたときだった。不意に東條の腕が動いて、咲希は身体ごとベッドの上に倒れ込んでいた。

「あ……っ」

柔らかなスプリングが、二人分の重みで小さく軋む。一瞬だけギュッと閉じた瞳を開くと、東條の真摯な瞳とぶつかった。

額同士を擦りあわせるように、目の中を覗き込まれる。

「本気で言ってるの？　僕は……ただそばにいることなんてできないけど」

その囁きだけで東條の身体の熱を感じて、咲希はなにも考えられなくなる。

今まで男性と深い付き合いになったことのない咲希には、こういうときどう振る舞えばいいのかわからないのだ。

気づかないうちに、困惑した顔になっていたのかもしれない。

東條は困ったように唇をゆがめると、咲希の手を取って、その指先にソッと唇を押しつける。

「この状況で僕にそばにいて欲しいってことは、こういうことだよ」

少し掠《かす》れた声に、咲希はこれから起きることをはっきりと理解した。

「……いいの」

「本当に？　僕は……もうこれ以上我慢できないと思うけど」

「……いいの。東條さんにそばにいて欲しいの」

咲希は精一杯の勇気を振り絞ってはっきりとそう告げると、東條の首に自分の腕を巻き付けた。

chap.7 一夜だけの恋

ベッドの上でのキスは、今までのキスのどれとも違った。

いきなり強く唇を押しつけられたかと思うと、まるで食べられてしまいそうな勢いで唇を貪られる。さっきまで紳士的だった彼とは別人のようだ。

それはせき止めていたなにかが溢《あふ》れ出すような勢いで咲希の中に流れ込んでくる。しかも、それが余りにも長く続くので、咲希はいったんやめて欲しいと口に出しかけ、それすらも遮られてしまう。

「東條さ……んん……っ、ま、て……んぅ……っ」

喘《あえ》ぐように開いた唇から、待っていたかのように舌が押し込まれて、口腔《こうこう》を撫《な》で回し始める。

なま温かくぬるついたそれは頬の内側や上顎などを擦り上げ、身体の奥の方に甘い疼《うず》きを呼び覚ます。

さっき目覚めたときにしたキスは、ただの挨拶だったと思えてしまうほど情熱的で、喉の奥の方まで深く舌を絡められる。

「ふ……ぁ……っ」

クチュッとした卑猥《ひわい》な水音をさせながら、ざらりとした粘膜が擦りあわされる刺激に、咲希は頭の中が真っ白になった。

「んっ……ふ……ぁ」

少しずつ角度を変えて深まるキスと身体に感じる東條の重み。今度こそ息苦しさを覚えて小さく頭を振ると、下唇を甘噛《あまが》みされて、唇の端にチュッと口づけられた。

ようやく解放された唇で大きく息を吸い込むと、今度は首筋に濡《ぬ》れた唇が押しつけられる。

「あ……っ、んんっ！」

今まで感じたことのない甘い痺《しび》れが駆け抜けて、思わず首を竦める。

「ああ、咲希さんは甘い匂いがするね。いつも花に囲まれているからかな」

首筋に顔を埋めたまま囁《ささや》かれ、その息が肌に触れるだけでどうにかなってしまいそうだ。

でもそれは決してイヤではなくて、むしろその熱が心地いい。男性とこんなふうにベッドで抱き合うのは初めてなのに、身体が喜んでいるような気がする。

「ん……やぁっン！」

濡れた舌が首筋に這《は》わされ、言葉が嬌声《きょうせい》に変わる。くすぐったさに身体を震わせると、東條が小さく笑いを漏らした。

「肌も、とても甘いよ」

「や……うそ……っ」

肌が甘いはずなどない。それに一日過ごして、汗などで汚れているはずなのに。

恥ずかしさにその肩を押し返そうとしたけれど、逆に手首を捕まれてシーツに押しつけられてしまう。

「怒ったの？　咲希さんは本当にいい香りがするんだ。自分で気づいていないだけだよ」

そう言いながら、再び首筋に舌が這わされる。

「は……んん……っ」

小さく身動ぎをして抵抗をしたけれど、東條の身体に邪魔をされて、それはなんの役にも立たない。

唇と舌はワンピースの襟刳《えりぐ》りに潜り込み、柔らかな素肌に擦り付けられる。まるで毛足の長い犬にじゃれつかれるように、東條の髪が肌をくすぐった。

咲希がその感触に惑わされているうちに、東條の長い指は前開きのワンピースのボタンをひとつずつ丁寧に外していく。

すぐにベビーピンクのブラが姿を見せ、東條はその膨らみの間にも口づけてくる。

「……んんっ……」

自分の指先で触れてもなにも感じない場所が、まるで特別なものに触れられたかのように熱を持ち始め、咲希はどうしていいのかわからなかった。

初めて二人で食事をしたときから、東條は女性の扱いに慣れていて、経験が豊富なのだろうとは感じていた。

そんな男性に、経験のない自分が太刀打ちできるはずもない。心のどこかでそう理解していたのに、今こうして彼に触れられているのが不思議だった。

ブラの間に滑り込んだ手が、直に胸の膨らみに触れる。思わずビクリと身体を震わせると、熱くなった耳たぶに、チュッと音のするキスを落とされた。

「大丈夫。咲希さんはとっても綺麗だよ」

甘い囁きに思考が蕩《と》けて、咲希の顔がさらに熱を帯びる。

東條はその反応に満足したのか、丁寧に咲希のワンピースを脱がせていく。

男性の前で裸になるのはもちろん、その手で服を脱がされるなんて初めてで、どうすればいいのかわからない。

咲希はまるで人形のように扱われて、気づくと肌触りのいいシーツの上に、ショーツ一枕の姿で横たわっていた。

　さすがに恥ずかしさに腕を身体に巻き付けると、東條が困ったように唇を歪《ゆが》める。

「そんなに隠さないで」

「だって……東條さんが見つめるから……」

「見つめないと君をかわいがることができないだろ？」

　そう言うと、東條は優しく咲希の腕を掴《つか》んで、滑らかなシーツの上に押しつけた。

「や……っ」

　羞恥に身をよじると、胸の膨らみの上で赤い突起が小さく揺れる。いつもより硬く尖《とが》った胸の頂に、咲希はベッドの上から逃げ出したくなった。

　これではまるで東條に早く触れて欲しいと言っているようだ。

「お願い……恥ずかしい、から……」

　──腕を離して欲しい。

　そう言うつもりだったのに、東條はそれを咲希のおねだりだと思ったのか、大切なものにでも口づけるように、恭しくその場所に唇をつけた。

「ひぁ……っ」

　ほんの少し唇が触れただけなのに、唇からおかしな声が漏れる。頂がさらに硬く立ち上がるのを感じて、咲希は恥ずかしさにギュッと目を瞑《つむ》った。

まるで自分の身体なのにそうじゃないみたいだ。こんなに簡単に身体を興奮させて、きっと東條は初めてだと言っても信じてくれないだろう。

東條は咲希の葛藤になど気づかないのか、柔らかな唇で、今度は口腔《こうこう》の中までその頂を包み込む。

「ひぁっ……ぁ……っン」

ジンと疼くような甘い痺れが走って、触れられていないはずの下肢へと広がっていく。

唾液を纏《まと》わせながら舐めしゃぶられ、時折硬くなった頂を確認するようにコリコリと甘噛みされる。

「んふぅ……っ」

声が漏れるのが恥ずかしくて必死で口を閉じると、さらに強く歯を立てられてしまう。

「やぁっンン！」

「カワイイ……もっと聞かせて」

気づくと押さえつけられていたはずの手が自由になっていて、そのかわりに東條の両手は熟れた果実のような胸の膨らみを包み込んでいた。

ほんの少し力を加えられただけで、柔らかな胸はぐにゃぐにゃと形を変える。

「は……や……ぁ……っ」

口で愛撫されていない方の尖端にも指が這わされて、しごくように揉《も》み上げられ、初めて感じる愉悦に逃げ出したくなった。

「んぁ……っ……は……ぁ……」

無意識に足がシーツを蹴って、身体を逃がそうとするけれど、それを引き留めるように乳首を強く吸い上げられる。

「あっ、あ……や……っ」

シーツに背中を擦り付けるように身悶《みもだ》えしながら、さらに甘い声が漏れてしまう。

「感じやすいんだね。ここを吸われるのが好き？」

「ち、違……ん……っ」

力なく首を横に振って見せるけれど、それはわかりやすい嘘《うそ》だった。

「男はね、女性が自分の愛撫に感じてくれているのを見るのが嬉《うれ》しい生き物なんだよ」

東條はそう呟《つぶや》くと、すっかり腫れ上がった乳首に舌を巻き付け、ぐにぐにとこね回した。

「やっ、はぁ……胸、や……も、舐《な》めない、で……っ」

こんなふうに淫らに感じている姿を彼に見られたくなどない。

「じゃあ、どこならいいの？」

「ど、どこって……」

「ああ、こっちの方が好きなのかな？」

胸を弄んでいた手が身体を滑り落ちて、湿り気を帯び始めたショーツに触れた。

「あ……っ！」

指でさするように敏感な場所を撫でられる。

「やっ……あ……ダメ……ぇ……そんな……っ」

咲希は思わず下肢に力を入れて、子どもが駄々をこねるように足をばたつかせた。

「触っちゃ……ダメ……っ」

「やっぱりこっちの方が気持ちよさそうだね。どうされるのが好き？　指でかわいがられたい？　それとも……たっぷり舐められる方が好きなのかな」

指先に力が加わり、ショーツの上から奥を探られる。

その仕草だけでも淫らなのに、さらに東條の口からでた言葉の卑猥さに頭の中が真っ白になる。

「や、あ……あっ、ああっ……」

身体の中で暴れていた小さな熱が少しずつ大きくなる。不思議な高揚感が怖くて、恥ずかしいことも忘れて東條の首にしがみつく。

さっきまでぴったりと閉じていたはずの足には力が入らず、まるで東條の愛撫を受け入れるように膝が緩んでいた。

「あぁっ……お願い、もぉ……や……ぁ」

下着の上から指先を強く敏感な場所に押しつけられる。

いつもの東條なら頼んだらやめてくれるはずなのに、咲希の願いとは逆にその指の動きは少しずつ激しくなり、咲希を快感へと押し上げた。

「あ、あ、やぁっ！」

咲希の身体が大きく跳ね、背中や下肢がビクビクと震える。

高いところから突き落とされるような不思議な感覚に、咲希は東條にしがみつく腕に力を込めた。

「ひ……あっ、やぁ……あぁっ！」

悲鳴を上げてブルブルと身体を震わせる咲希を、東條の力強い腕が抱きしめる。

「ん……ぁ……はぁ……っ」

「……大丈夫？」

優しく顔を覗《のぞ》き込まれたけれど、すぐには言葉が出てこない。知識としては知っていたけれど、実際に男性に抱かれることが自分をこんなふうに変えてしまうなんて知らなかった。

東條に男性経験がないことを伝えたら、どんな顔をするのだろう。

だるい身体をもてあましたままぼんやりと見上げる咲希の唇に、東條は軽いキスを落としながらシャツのボタンを外し始める。

突然あらわになった東條の素肌から目をそらすと、すぐにその広い胸の中に抱き寄せられていた。

「あ……っ」

優しく背中を撫でられて、落ち着いていたはずの熱が再び身体の中にわき上がってくる。

咲希の震えが東條の指先に伝わり、あやすように額や頬に唇を押しつけられた。

「やぁ……くすぐった、い……」

咲希がいやがるのが楽しいのか、何度も顔の上を唇がさまよって、口元は笑み崩れている。

その唇を見ていたら、早くキスをして欲しくて、身体の奥の方でなにかが騒ぎだした。

「や……ちゃんと、キス……して」

普段の咲希なら恥ずかしくて絶対に口にしないような欲望が零れた。口にしてから言葉の意味に気づいて真っ赤になる。

「あの……ちが……」

「いいよ」

甘い囁きに心臓がドキリと音を立てた瞬間、唇が熱いもので覆われた。

「……咲希さんが忘れられないようなキスを」

「んっ、んんっ」

東條の形のよい唇は奪うように咲希のそれを吸い上げ、無理矢理口を開かせる。滑り込んできた舌先が歯列をなぞり、口腔に押し込まれた。

「ん……っ。んぅ……ぅ」

苦しいほど強く身体を抱きしめられて、竦《すく》んでいた舌を強く吸い上げられる。

「んっ……ふ……ぁ」

まるで息の仕方を忘れてしまったかのように呼吸が苦しいのに、あまりの気持ちよさに、うっとりしている自分がいる。

初めて東條にキスをされたときは頭の中が真っ白になってしまったけれど、キスがこんなに気持ちいいものだなんて思わなかった。

舌の付け根の方から唾液が滲《にじ》んできて、口の端を伝い落ちていく。

「んっ……っ。んぅ……っ」

身震いにも似た痺れが這い上がってきて、身体が熱い。嬌声の代わりに、熱い吐息が鼻先から漏れてしまう。

――ずっと、こうしていられたらいいのに。

ふと頭の隅に浮かんだそんな思いに、咲希は泣きたくなった。

たった今、心を奪われた人に抱かれる喜びを感じているというのに、胸が苦しいのはどうしてなのだろう。

甘いキスに夢中になっているうちに、東條の大きな手は、咲希の身体を満遍なく撫で下ろしていく。

すでに愛撫で赤く熟れた乳首や引き締まったウエスト。そして、気づくと手は太股から、淫らな蜜で濡れたショーツに触れた。

「あ……っ！」

さすがに恥ずかしくなった咲希は腰を引こうとしたけれど、それよりも早く東條の手が動いて、咲希の身体を後ろから抱きしめるように自分の身体に引き寄せてしまった。

東條は身体を起こすと咲希をまるで人形のように膝の上に座らせて、後ろから両手で胸を包み込み、柔やわと愛撫し始めた。

「んっ……やぁ……」

熱い手のひらがぴったりと素肌に貼り付いて、指先が熟れた乳首をつまむ。指の腹を押しつけるように擦られ、痺れるような疼きが身体を駆けめぐる。

「や……あっ。ふ……ぅン、んんっ」

背中にぴったりと押しつけられた東條の胸が熱い。声を上げるつもりなどないのに、その胸の中でビクビクと身体を揺らしながら喘ぎ声を漏らしてしまう。

「すごく……カワイイ」

「ひぁ……ぅ！」

耳たぶに唇を押しつけられたせいで、熱い息が耳の奥に流れ込み、思わず首を竦めながら声を上げた。

「や……耳は……」

くすぐったいからやめて欲しい。そう言うつもりだったのに、なにを思ったのか、東條は赤くなった咲希の耳たぶに歯を立てた。

「い……ぁ……っ！」

それは生まれたての子猫がじゃれつくような頼りない甘噛《あまが》みなのに、咲希の身体を震えさせるのには十分だった。

まるで咲希の反応を楽しむように、東條のぬるついた舌が耳の奥へも這わされる。

「は……あっ……んっ、んん……ぅ」

ヌルヌルと擦り付けられる舌の刺激に意識を奪われているうちに、胸を弄んでいた手が下肢に這わされて、濡れたショーツの中心に触れた。

「きゃ……あン！」

衝動的に足を閉じようとしたけれど、それよりも早く指がその場所をさすり始める。

「や……まっ、て……」

「どうして？　こんなに濡らしてしまったのが恥ずかしいの？」

思っていたことを言い当てられて、すでに赤くなっていた頬がさらに赤くなったような気がした。

咲希が唇を噛みしめて返事もできずにいると、指先が布越しに敏感な粒を探り始める。

「ふ……あ……！」

感じやすい場所を指が何度も往復し、自分でもその場所がじっとりと湿っているのがわかる。

「く……ふ……んっ！　ぁあ……や……ぁ……」

指の動きが早くなり、その刺激に腰を揺らしてしまう。まるでもっとして欲しいとねだるような仕草なのに、その動きを止めることができなかった。

「ほら、もう少し足を開いてごらん。その方がもっと気持ちよくしてあげられる」

誘うような声に、自然と膝が緩む。東條の手がその隙を狙って、すっかり濡れてしまったショーツを足の間から引き抜いた。

「あ……」

身体を覆うものがなにもなくなってしまった不安感にその腕の中から逃げ出したくなったけれど、身動きをしたら濡れた場所からさらに蜜が溢れ出しそうだ。

その場所にもためらいなく東條の指が触れた。

クチュン！　というなんとも卑猥な水音に咲希が首を竦めると、耳元で東條がクスリと笑う。

まるで咲希が恥ずかしがるのを楽しんでいるようだ。

「ほら……」

片手を膝裏に回して、持ち上げるようにして足を大きく開かせる。

それからもう一方の手が、奥から溢れ出た蜜を擦り付けるようにして重なり合った秘唇をめくり、咲希の赤く充血した粒に触れた。

「ん、ん！　……ふ……ぁ、ああっ」

初めて感じる刺激に、身体がビクビクと跳ねてしまう。

「咲希さんは敏感なんだね」

そう囁きながら指先で硬くなった粒を嬲《なぶ》る。

「あっ、あっ……んんっ」

身体の奥の方から熱いものがこみ上げてきて、唇からは勝手に喘ぎ声が漏れる。このわき上がるものがなんであるかがわからない咲希は、東條の腕の中でイヤイヤをするように小さく頭を振った。

「どうしたの？　もっとして欲しい？」

囁きと一緒に、指の力が強くなり、咲希は涙目になって東條を見上げた。

「やっ、あっ……苦し……んっ……あ、あっ……」

「そういうときは、苦しいんじゃなくて、気持ちいいって言うんだよ」

東條の楽しげな声に反論したいのに、頭の中はまるで霞《かすみ》がかかってしまったかのようにぼんやりとして、言葉が出てこない。

指の腹で力強く濡れた秘唇を擦られて、慣れない快感は痛みのように咲希の身体に広がっていく。

「おねが……も、やめ……あ、んんっ！」

咲希が何度も頭を振ると、東條はなにを思ったのか咲希を嬲る手を止めて、そのままその身体をシーツの上に優しく横たえた。

やっと解放してもらえた。咲希がほっとして滲んだ涙を拭おうとしたときだった。

「え……やぁっン！」

両膝に手が添えられ、足を大きく開かされる。

東條に向かって恥ずかしい場所を晒《さら》す格好になってしまったことに、咲希はパニックになった。

「いや、こんな格好……」

足を閉じようとしたけれど、それよりも早く東條の身体がその間に収まり、足を閉じることができない。

それどころか東條は咲希の濡れた下肢の中心をジッと凝視している。楽しげで淫らな色を浮かべた東條の唇に、咲希は次に起こることを予想して、泣きたくなった。

「や……それは……あぁっ」

咲希の言葉を待たずに、東條の端正な顔が埋められ、咲希はその恥ずかしさに目をギユッと瞑《つぶ》ってしまった。

「ふぁ……あぁっ」

身体を硬くした瞬間、長い舌がすっかり濡れそぼった花びらや赤く腫れた粒を舐め上げる。

「いやっ……あっ、ああっ……やめ……んっ、んっ……んぅ！」

敏感な粘膜に舌のざらりとした感触は刺激が強すぎて、咲希の唇からは悲鳴のような喘ぎ声が漏れた。

いつも上品で乱れを見せない東條が、自分の恥ずかしい場所を舐《な》めている。羞恥と驚きが入り交じって、咲希はなにも考えられなくなった。

最初は探るようだった舌の動きが、少しずつ大胆に、深くなっていく。ときおり唇で硬くなった粒を挟み込まれ、チュッと吸い上げられる。

咲希はそのたびに悲鳴を上げて、しゃくりあげながら喘ぐことしかできなかった。

ふと、下肢に感じた違和感に、咲希は身体を硬くした。

舌で解され柔らかくなり始めた秘唇の奥に、なにかが押し入ってきたのだ。

驚きで目を見開くと、足の間から咲希を見上げる東條と視線がぶつかる。

「痛かった？　もう十分濡れているから大丈夫だと思ったんだけど」

「へーき……」

こんなふうに恥ずかしいぐらい濡らしてしまうのが普通なのか、痛みの度合いもよくわからない。ただ東條に、初めてであることを知られたくなかった。

すぐに指が増やされて、咲希は濡れ襞《ひだ》を押し開く異物感を誤魔化すように背中を大きく反り返らせる。

「あ……んん――……」

「なかも……感じやすいのかな？」

――クチュ。卑猥な水音をさせながら、長い指が何度も抽送され、甘い痛みにも似た痺れが身体中に広がっていくのがわかる。

「あ……んんっ……やぁ……ぁん……ッ」

艶を帯びた甘い喘ぎ声が、自分のものだとは思えない。

わかるのは自分がこの淫らな行為に悦びを感じていて、夢中になっているということだった。

身体の奥底からなにかが沸騰するようにわき上がってきて、今にも弾けてしまいそうだ。

「ひぁっ！」

「ここ？」

高い声を上げた咲希に、東條は嬉しそうに呟くと指の動きを速める。

「ひ……んんっ……あ、あ……っ」

「イッてもいいよ。ほら、中も気持ちよさそうにうねってる」

東條の言葉の意味はわからないけれど、身体の奥がドクドクと激しく脈打っているのを感じる。

「や……ああ……っ、あぁああっ」

一際深く東條の指が咲希を貫いた瞬間、身体の中でなにかが弾けた。目の前に白い光が広がって、下肢が勝手に痙攣《けいれん》し始める。

「あっ！　やっ……あぁ……っ」

腰がビクビクと跳ね上がり、身体がいうことをきかない。痛みのような快感が身体の中を走り抜け、その衝撃に気づくと咲希の瞳からはポロポロと涙が零れていた。

「は……ぁ……あぁ……」

自分の身体になにが起きたのだろう。

四肢に力が入らず、まるで人形のようにだらりと身体を投げ出していた咲希の頭を、東條の大きな手が優しく撫でる。

「……ごめん。泣かせてしまったね。なんだか君が相手だと、いつまでもかわいい声を聞いていたくなるんだ」

涙を吸い取るように、目の縁にチュッと唇を押しつけられる。その優しい仕草に、咲希は胸の奥の方がキュッと苦しくなった。

〝君が相手だと〟という言葉に、東條には自分以外にもこうして身体を重ねる相手がいるのだと言われたような気がした。

もちろん東條に清廉潔白なところを求めているつもりはないけれど、一瞬見えた女性の影に心が痛んだ。

目の前で東條が身につけていたものを全て脱ぎさる姿をぼんやりと目で追っていると、東條が小さく笑いを漏らす。

「そんなに珍しい？」

「え？」

もしかして東條の裸を観察しているとでも思われたのだろうか。

「……っ！」

慌てて視線をそらすと、東條が咲希のそばに戻ってきた。

「ほら、キスしようか」

覆い被さるように咲希の身体を抱き寄せると、返事をする間もなく熱い唇が咲希のそれを奪う。

「んぅ……ふ……っ」

ヌルヌルと舌を擦りあわせるねっとりとしたキスに、ただ身を任せるしかなかった。

気づくと太股のあたりに硬いものを感じて、それが何であるかに気づき、咲希の鼓動が速くなる。

想像していたよりも、大きい。こんな熱く大きなものを本当に受け入れることができるのだろうか。

萎縮してしまう心とは逆に、身体の方は相変わらず熱を持ち、先ほど達したばかりの下肢はジンジンと痺れを訴えてくる。

早くこの熱を収めて欲しい。でも、少し怖い。

そんな咲希の心の動きを見透かしたように、東條が咲希の柔らかな太股に手をかけて、足を大きく開く。

「んん……」

初めては痛い。そんな女子同士の定説を思い出して、咲希は少しだけ身体を硬くした。

東條はそんな咲希の不安に気づかず、腰をゆっくりと揺らしながら、雄芯を咲希の花びらへと擦り付ける。

「ふ……ぁ……っ……」

しっかりと熟れきった花芯をかすめて、ほんの少しの刺激でも咲希の身体に痛いぐらいの快感を走らせる。

怖いのに、早く東條を感じたいと思ってしまう自分はどうかしてしまったのかもしれない。

「咲希」

少し掠《かず》れた甘い声で名前を呼ばれて、その呼び方に咲希がドキリとした時だった。雄芯の先端が蜜泉の入り口に押しつけられた。

「あ……」

ヌルンとした感触と一緒に、欲望の先端が咲希の身体を押し開く。指を入れられたときよりも、薄い粘膜にひきつるような痛みを感じたけれど、悲鳴をあげるほどではない。

もっと痛みを感じると思い身構えていた咲希は、思いの外すんなりと受け入れた自分の身体に安堵《あんど》を覚えて息を吐き出した。

でもそれはまだ序の口で、身体に東條の重みが増したとたん、先ほどとは比べようもない痛みが咲希の全身を駆け抜けた。

「きゃ……ああ……っ」

まるでなにかに引き裂かれるような鋭い痛みに咲希が足をばたつかせると、膝裏に差し入れられた手が、咲希の身体を折り曲げるように足を持ち上げてしまう。

「……くっ……」

東條の唇から苦しげな声が漏れ、痛みから逃れようともがく咲希の身体を太い腕が胸の中にすっぽりと包み込んでしまう。

「ひ……っ、んぅ……い……ああ……ッ」

思わず〝痛い〟と叫びそうになり、言葉を飲み込む。

「ああ……すごい」

掠れた声と、耳に降りかかる熱い吐息。咲希は堪えきれずにその首にすがりついた。

「や……あ……あぁ……んんぅ」

身体の奥が、熱の塊に押し開かれる。二人の胸がぴたりと重なって、咲希は気づくと東條の首筋に顔を埋めて痛みを逃すために浅い呼吸を繰り返していた。

「咲希」

長い指が咲希の髪を梳《す》く。

「どうして顔を隠すの？」

「だって……今、すごく変な顔してる、から」

少し泣いてしまったし、下肢がズクズクと鈍い痛みを訴えている。化粧もとっくに落ちてしまっているだろう。

「大丈夫。君はいつでもかわいいよ」

東條は心持ち身体を起こすと、顔を上げた咲希の額、目尻、頬、唇へとキスを落とす。まるで小さな子どもをあやすような仕草に羞恥心が刺激されたけれど、なぜか心地いい。

下肢には東條によって与えられた痛みを感じるのに、広く温かな胸に包まれていると、すべてのものから守られている、そんな気がした。

咲希の我儘《わがまま》で東條に抱いて欲しいとねだってしまったけれど、祖父がこのことを知ったらどうするのだろう。

いいなりになるつもりはないけれど、咲希を誰かほかの男性と結婚させようとしているのだ。きっと今夜のことを知れば、自分だけでなく東條のことも糾弾するに違いない。

東條に迷惑をかけることだけはしたくなかったのに、自分はとんでもないことをしてしまったのかもしれない。

祖父の剣幕を思い浮かべて、ぼんやりと視線をさまよわせた咲希の唇を東條が塞ぐ。

「ん、んんっ」

「ぼんやりするなんて、ずいぶん余裕だね」

「ちが……んぁ……っ」

開きかけた唇に舌を押し込められて、咲希の言葉はかき消された。

淫らにうごめく舌が咲希の舌に絡められ、クチュクチュと淫らな水音を立て、口腔をかき回す。

「……ふ……んぅ……っ」

キスが深くなるにつれて二人の身体がさらに引き寄せられて、繋《つな》がり合った深い場所が疼く。

確かに身体の中に東條の存在を感じて、咲希はなぜか苦しくなった。

「すごく……カワイイ」

東條が何度も耳元で囁きながら、ゆるゆると腰を使い始める。

ゆっくりと中を探るように動かされ、最初は痛みしか感じなかった場所に、少しずつ身震いしてしまいそうな悦びを感じ始めていた。

「あ……んん――」

快感をやり過ごすように首を仰け反らせると、その首に東條の唇が押しつけられる。

律動が大きくなり、深いところまで沈められていた雄芯が秘唇のギリギリまで引き抜かれる。

肌が泡立つようなゾクゾクとした痺れが走り、次の瞬間には熱が再び最奥まで押し戻された。

「あ、あぁ……ひぁ……んッ！」

ズン、とお腹の奥の方に打ち付けられるような刺激に、唇からは悲鳴にも似た嬌声が漏れる。

まだ痛みを感じるのに、今までとは違う強い快感が身体を駆け抜けて、眦《まなじり》に愉悦の涙が滲んできた。

「あ……あっ……は……ああっ」

まるでジェットコースターにでも乗っているかのように、刺激の波が咲希の身体を揺さぶった。

自分に身体をぶつけてくる東條の乱れた呼吸を耳にするだけで、また体温が上がっていく。

「あ、ああっ……東條さ……わたし……」

快感に溺れた身体は信じられないくらい重くて、唇すら思い通りに動かすことができない。

「大丈夫。君はなにも心配しないでいいんだ。僕に任せて」

瞼《まぶた》に口づけられて、咲希は押し寄せてくる快感に身を任せ、流れにさらわれないようにただ東條にしがみついているしかなかった。

chap. 8　ざわつく心

「……ちゃん、咲希ちゃん！」

　名前を呼ばれて、咲希は慌てて声がした方に顔を向けた。

「……千春さん？」

「千春さん、じゃないわよ。何度も呼んでるのに、ぜんぜん気づかないんだもの。どうしたのよ、ぼんやりして。もしかして体調が悪いんじゃない？」

「そ、そんなことないです」

　名前を呼ばれても気づかないほど、自分はぼんやりしていたのだろうか。左手には発注のためのメモが握られていて、パソコンのモニターには発注画面が表示されている。

「そう？　この間のお休みのあとからちょっとおかしいわよ？　例のおじいさまのお宅にうかがったんでしょう？　もしかして、なにかあった？」

　探るように顔をのぞき込まれて、咲希は真っ赤になった。

「ちょっと……咲希ちゃん、顔赤い」

「えっ⁉」

千春の言葉に、慌てて両手で頰を覆う。その拍子に、手にしていたメモが床に落ちた。

「あ……」

咲希が手を伸ばすより早く、千春がそのメモを拾い上げる。

「す、すみません」

千春に暗に東條となにかあったのかと聞かれたような気がして、動揺してしまったのだ。

東條と一夜を過ごしてしまったという事実を、後ろめたく感じている自分がどこかにいる。

「ホントに大丈夫？　発注ミスだけはしないでね」

「はい」

千春からメモを受け取ると、咲希はそれ以上追及されなかったことに安堵《あんど》しながらパソコンに向き直った。

千春には休みを調整してもらうときに、祖父と東條との関係をかいつまんで説明しておいた。

そのおかげか、ことあるごとに気遣ってくれて、申しわけないぐらいだ。

「そういえば、最近東條様お見えにならないわね」

その言葉に、咲希はマウスに触れていた手をビクリと震わせた。

幸いラッピング用のリボンを整理していた千春は咲希の変化に気づかなかったようで、手を動かしながら話を続ける。

「咲希ちゃんと親戚同士だって公になったから、反対に気を遣ってお見えにならないのかしら。咲希ちゃん、遠慮なくいらしてくださいって伝えてね。逆にサービスしちゃいますよって」

「はい」

咲希は頷《うなず》きながら、頭の中で東條の顔を思い浮かべた。

東條とは、あの夜から顔をあわせていなかった。まだ一週間ほどだし、翌朝、店まで車で送ってくれたし、別に気まずい別れ方をしたわけではない。

ただ、初めて二人きりの夜を過ごしたわりにはあっさりとした別れで、

「じゃあまた連絡するから。仕事頑張ってね」

車から降りるときに、そう声をかけられただけだった。

男性と深い付き合いをしたことのない咲希にはなにが正しいのかはわからなかったけれど、普段から優しい東條なのだから、もう少しなにか言ってくれるのではないかと、少し期待していたというのが本音だ。

しかもそのあとおじいさまの検査入院の日程が決まったというメールは来たけれど、次

のお誘いについてはなにも書かれていなかった。

もしかして、咲希との一夜は満足できなかったから、次の約束はないという無言の意思表示なのか、それとも連絡をすると言われたのだから、彼の都合がつくまで大人しく待っていればいいのか。

なにもかもが初めての咲希にはなにが正解なのかわからない。もしかしたら東條と出会うのが早すぎたのではないかと思ってしまう。

自分も何人かの男性とつき合って、もっと大人の女性として振る舞うことができたのなら、彼との関係は違うものになっていたのかもしれない。

「咲希ちゃん？　咲希ちゃん！」

「えっ……あ！」

「ほら、またぼんやりしてる！」

「ごめんなさい……っ」

我に返った咲希に、千春が店先を指した。

「東條様がいらしてるわよ」

「え……」

千春の言葉に、咲希は大きく音を鳴らしながらイスから立ち上がった。

東條もすぐに咲希に気づき、いつものようににっこりと微笑む。それだけで咲希の心臓は壊れてしまいそうなほど速く動き出していた。

さっきまでモヤモヤしていた気持ちが、その笑顔だけで嘘《うそ》のように晴れていく気がするから不思議だ。

「こんにちは」

咲希がそばに近づいてきたタイミングで東條が口を開く。

「……いらっしゃいませ」

いつも通りに努めようと思うのに、声が上擦ってしまう。

あの夜から東條と顔を合わせるのは初めてで、そう考えただけでも恥ずかしくて顔が赤くなってしまいそうだ。

東條に会えて嬉《うれ》しいのに、店の奥にいるはずの千春に見られているような気がして、ドキドキしてしまう。

なんとか笑顔を取り繕った咲希に、東條はいつものように送り先の住所が書かれたメモを手渡した。

「お世話になっているドクターにお子さんが生まれたんだ。出産祝いで、直接病院に届けて欲しい。急ぎなんだけど、大丈夫かな？」

いつもと変わらない東條の口調に、咲希は一瞬だけその場に固まった。二人の間になにもなかったときと同じ態度だ。

もちろん店先であの夜のような親しげな態度はできないけれど、あまりにもいつもと変わらない東條に、咲希はショックを受けている自分に気づいてしまった。

東條にとってはあの夜のことは、取るに足らない出来事だったのだろうか。

「咲希さん？　明日なんだけど」

東條の問いに、咲希は我に返りその顔を見た。

「あ……っ、はい！　大丈夫です。こちらの病院ならうちから直接配達にうかがえますから」

慌ててメモを見て頷いた。

最近は生花の見舞いを断る病院もある。抵抗力が落ちた患者さんに花が持っている細菌を感染させないためや、水替えや処分が大変など色々な理由があるらしい。

幸いなことに東條が指定してきた産婦人科は咲希の店も出入りをしているし、芸能人などが入院することで有名で、花の見舞いも受け入れていた。

「なにか、ご希望などありますか？　病院だと香りが強い花は避けた方がいいと思いますけど」

「うん、その辺は咲希さんのセンスに任せるよ。僕には女性の好みはわからないからね」

〝咲希さん〟という響きに、なぜか胸の奥がキュンと苦しくなった。

祖父の前や電話でも何度かそう呼ばれて、いつの間にか咲希さんと呼ばれることになれていたはずなのに、店先で名前を呼ばれたせいだろうか。

咲希は頬が熱くなるのを感じながら、ガラスケースを見る振りをしてさりげなく顔を背けた。

「わかりました。ではこちらでご予算にあわせたものを用意して、いつものように写真をお送りしますね。すぐに伝票を作りますので」

「いつも無理を言って悪いね」

「いえ、東條さんはお得意さまですから」

咲希は自分に言い聞かせるように、そう口にした。

自分は東條になにを期待しているのだろう。あのとき支えになると言われて、いつの間にか勘違いしていたけれど、東條は自分を恋人として選んだわけではない。

彼になにかを求めるのは間違っている。今までだって叔父と叔母の庇護《ひご》はあったけれど、なんでも自分一人でやってこられたのに、どうして急にそんな気持ちになったのだろう。

まるで自分がなにもできない子どもになって、東條がなにか言ってくれるのを待っているみたいだ。

　咲希はいつものように伝票を切ると、封筒に入れて東條に差し出した。

「お待たせしました。では明日のお届けで承ります」

「ありがとう」

　そう言って微笑むと、東條はふとなにかを思い出したかのように手を止めた。

「そうだ。君に話があったんだ」

　その言葉に、咲希の心臓が期待するようにドキリと跳ねた。

「この間のメールのことなんだけど」

「あ……ああ、おじいさまの入院のことですか？」

　もしかしたらまた食事にでも誘われるのではないかと一瞬期待した気持ちが、空気を抜かれた風船のように萎んでいく。

「うん。できれば見舞いに顔を見せてくれると、おじいさまも喜ぶと思うんだけど」

「もちろんです。来週の水曜日ならお休みなんで伺えると思います」

　咲希の言葉に、東條はポケットから小さな手帳を取り出してパラパラとめくる。

「ああ、その日は僕が一緒に行けないけど、大丈夫かな？」

「はい」

「じゃあ、当日インフォメーションのカウンターで名前を言ってくれれば、すぐに病室に行けるように手配をしておくから」

「ありがとうございます」

咲希が頷いたときだった。

「東條さーん、まだぁ？」

突然耳がキーンとするような、高い声が二人の間に割って入るように響く。

「もう待ちくたびれちゃった。すぐに戻るって言ったのに、中々戻ってこないんだもん」

そう言いながら東條の後ろから、背の高い女性が姿を見せた。

マキシ丈の花柄のワンピースに咲希が履いたことのないような底の厚い、踵《ヒール》の高いサンダルを履いている。

つばの広い帽子を目深に被りサングラスをかけているせいで顔はよくわからなかったけれど、普通の女性とは違う雰囲気を持った女性だった。

「車で待っているように言ったじゃないか」

いつも冷静な東條が驚いたように女性を見た。

「東條さんがすぐ戻ってこないからじゃん。へえ、カワイイお店！」

女性は東條の脇をすり抜け、店の中に入ってくる。サングラスを外して店の中をぐるりと見回すと、振り返って東條を見た。

「ここが行きつけのお花屋さん？　ねえ、私にもお花買ってよ。両手で抱えられないぐらいおっきくて、うんと派手なやつ！」

「なに言ってるんだ。僕に頼まなくても、君には花をくれる男がたくさんいるだろ。ほら、もう終わったから行こう」

女性に向かって手招きをしながら、申しわけなさそうに咲希を見た。

「咲希さん、騒がしくして悪かったね。じゃあ、おじいさまのこと、よろしく頼むよ」

「……あ、はい」

呆気《あっけ》にとられて女性を見つめていた咲希は、慌てて頷いた。

「え～もしかして、彼女って東條さんのお気に入り？」

今まで咲希のことなど見もしなかった女性が、急に興味を持ったように顔を覗き込んでくる。

顔を近づけられて、初めて女性がものすごく整った顔をしていることに気づいた。長い睫毛は目の周りを縁取るようにきれいに反り返り、愛らしく見開かれている。

肌も透き通るように白く、その肌だけ見たら十代の女の子と変わらないぐらいきれいだ。

「ふーん。こういう素朴な子、タイプなの？」

　そう言いながら東條を振り返る。何気なく失礼なことを言われた気がしたけれど、突然のことに怒る気力もわかない。

「なにバカなことを言ってるんだ。失礼だろ」

「だって、今この子のこと、名前で呼んだでしょ？　ダメよ、私だけ見ててくれなきゃ」

「まったく。君は全ての男性の視線が自分に向いていないと気が済まないみたいだね」

　東條は呆《あき》れたようにため息をついたけれど、それは女性の不躾《ぶしつけ》な態度を大目に見ているようにも聞こえた。

「さあ、こんなところで君が騒いでいたら本当に営業妨害になるから行こう。咲希さんお騒がせして申しわけなかったね。仕事中だから、また連絡するよ」

　東條は咲希に微笑みかけると、女性を店の外に押し出す。

「ほら、車に戻るんだ」

「はぁい。ねえねえ、新しく出来たパンケーキのお店に付き合ってくれる約束でしょ」

　そう言いながら、女性は咲希の目の前で自分の腕を東條の腕に絡ませる。

「はいはい。どこにでもお付き合いしますよ、お嬢様」

　子どもをあやすような、優しい東條の口調に胸に鋭い痛みが走る。

「……ありがとうございました」

二人に聞こえないぐらい小さな声で、そう呟《つぶや》くのがやっとだった。

停めてあった車に親しげに乗り込んでいく二人を見つめながら、咲希は自分がひどく傷ついていることに気づいてしまった。

もしかしたら――一瞬でも期待してしまった自分がバカみたいだ。

本当は、東條は自分のことをどう思っているのだろう。ただのハトコ？　一夜限りの相手？　それとも――恋人？

そこまで考えて、咲希は小さく頭を振った。

今はっきりと見せつけられたのに、まだ期待しているのだろうか。

こんなふうにただ思い悩んでいるぐらいなら、自分からどういうつもりなのか、はっきり聞けばいいというのはわかっている。でも咲希には自分から口にする勇気がなかった。

東條のことを考えるだけで胸が苦しくなって、どうしていいのかわからなくなるのに、もし冷たい言葉を返されたらと思うと、怖くて口にすることはできない。それどころか、今の光景を見せつけられれば、聞かなくても彼の返事はわかったようなものだ。

「ねえ、今のって愛川《あいかわ》サラよね!?」

興奮した千春の声に、咲希の意識が現実に引き戻される。

「……え？　誰ですか、それ」

「うそ！　咲希ちゃん気づかないで接客してたの？」

信じられないという顔をした千春に、わけがわからず首を傾げる。

「あの子、今人気のモデルじゃない！　最近は映画やドラマにも出て、若い女の子たちにすごく人気があるのよ。もう！　咲希ちゃんったら、相変わらず流行に疎いわね〜」

「そ、そうなんですか？」

叔母の由良子がドラマ好きなのでたまに一緒に見ることはあるけれど、昔から芸能人には詳しい方ではない。でも千春の興奮のしかたからして、かなり有名な人なのだろう。

「さすが社長となると連れている子もレベルが違うわね。東條様の恋人にしては頭が悪そうだったけど、ああいう人って、モデルを連れて歩くとかそういうのがステイタスなのかもね」

さりげなく毒舌の千春にいつもなら笑い出すところなのに、今日の咲希にそんな余裕はなかった。

たった今二人の親密さを見せつけられたばかりだけれど、はっきり〝恋人〟という言葉を聞き、ショックを受けたからだった。やはり千春にも二人の姿はそう見えたのだ。

モデルや女優といった華やかな職業の人は、よく企業のトップや御曹司などと結ばれる。自分と東條が結ばれる確率より、彼女たちと結ばれる確率の方が余程高い気がする。

「そういえば愛川サラって、前もどこかの会社の社長と噂《うわさ》になってたじゃない。セレブ系の奥さん狙ってるタイプよね。東條様もいいところのお坊ちゃまなんでしょ」

「……」

確かに東條の実家も、そして東條自身も資産家の部類に入る。そういう人がおつき合いをするのはやはり、美貌なりお金なり、お互いに釣り合う何かを持ち合わせているのかもしれない。

「ああっと！　いけない、いけない。お客様のことこんなふうに噂しちゃだめよね。咲希ちゃん、じゃあ東條様の分もお花の手配お願いね」

千春は自分で始めた話を自分で締めくくると、店の奥に姿を消した。

あながち間違いではない千春の推測に、泣き出したくなる気持ちを必死で堪える。

東條は仕事中だと言ったけれど、どうして女性を連れて歩いていたのだろう。明らかに親しいと思える二人のやりとりを、わざと咲希に見せるためだったのではないかと勘ぐってしまう。

東條には他にも親しい女性がいるのだろうか。自分もその中の一人として扱われているのだろうか。

考え出したら、いくらでも不安は溢《あふ》れ出してくる。

こんなふうに悶々と悩まずに、自分たちがどんな関係なのか東條に聞くことができたらどれだけ楽だろう。

それを聞くことができないのは、自分に自信がないからだ。東條にただ一人の恋人だと選んでもらえる自信が自分にはない。

咲希はため息を漏らすと、のろのろと花の手配をするための作業を始めた。

chap. 9 疑惑のカケラ

タクシーを降りると、咲希は花籠を抱えなおして目の前にそびえるように建つ建物を見上げた。

入り口には大きく『藤原総合病院』の文字がある。

祖父が理事長を務める病院で、検査入院をしている祖父を見舞いに来たところだった。

総合病院というからにはそれなりの規模だとは思っていたけれど、想像していたよりも敷地面積が広く、庭も、まるで郊外にキャンパスを持つ大学を思わせるような広さだ。

「……はぁ」

祖父の家や東條の家を訪ねたときもそうだったけれど、庶民の想像を超えるものばかりで、ため息しか出てこない。

しかも、祖父は咲希にこの病院を遺すというのだ。人生なにが起こるかわからないというのは、こういうことを言うのかもしれない。

できれば祖父をがっかりさせたくないけれど、やはり自分には無理だ。まず育ちが違うし、そもそものために婿養子をとるなど考えられない。

東條の話では、彼のように直系ではないけれど親族が他にもいるというのだから、その人たちや、それこそ東條のような医師の資格のあるしっかりとした人間にあとを託せばいいのだ。

何度もそのことは考えたけれど、心臓が悪い祖父に伝えてがっかりさせるのが怖くて、口にすることができずにいた。

咲希はもう何度目かわからなくなったため息を漏らすと、入り口に向かって歩き出した。

自動ドアを抜けると、広い吹き抜けのエントランスが広がっている。その右手が受付や見舞客用のインフォメーション、左手は会計のための待合所となっているらしい。

咲希はインフォメーションに歩み寄って、カウンターの中の女性に声をかけた。

「あの、おじいさ……藤原理事長のお見舞いに伺ったんですが」

紺のスーツに、白いブラウス。それに派手ではないけれど、きちんとオフィスメイクをした受付嬢がカウンターの中で微笑んだ。

「恐れ入ります、お名前を伺ってもよろしいでしょうか。ただいま理事長のお見舞いはご親族の皆様のみと聞いております」

「あ……えっと、蒔田咲希が来たとお伝えいただけますか？　東條さんから連絡が入っていると思うんですけど」

東條の名前を出したとたん、カウンターの中の女性の顔が一瞬だけ固まり、アイライナーがばっちり入った目で観察するような視線を向けられる。

それは本当に一瞬で、すぐにとってつけたような深い笑みが広がった。

「失礼いたしました。蒔田様ですね。承っております。どうぞ、奥のエレベーターで八階まで行かれてください。そちらの受付にお声をかけていただければ、病室までご案内いたしますので」

もしかして、すでに自分が祖父の孫であることが病院内では知れ渡っているのだろうか。

一瞬向けられた値踏みをするような視線から逃れるように、女性が手で指した方向に視線を向けたときだった。

「よろしければ僕が案内しましょう」

「え？」

振り返ると白衣姿の、にこやかな顔をした若い男性が立っている。突然声をかけられた咲希は、不安を隠せないままその顔を見つめた。

「あの……」

歳は東條と同じぐらいに見えるけれど、医師としては少し上滑りするような、悪く言えば軽いと言われてしまいそうな風貌だ。さわやかすぎるとでも言えばいいのだろうか。

唯一メガネがそれを誤魔化すアイテムとなっているように見えた。

「ああ、失礼しました。僕はこの病院の医師で吉野《よしの》と言います。理事長の主治医を担当させていただいているんですよ。失礼ですが、理事長のお孫さんですよね？」

やはりすでに病院の中でも知られているらしい。それなら受付の女性が自分の名前を聞いて一瞬動きを止めたのもわかる。

「祖父が……いつもお世話になっております」

「いえいえ。こちらが君のおじいさまにお世話になっているんですよ。さ、理事長の病室に案内します」

吉野は受付の女性に目配せを送ると咲希の背中をエレベーターの方に押した。

「さっきの受付の子、拓海君のファンなんですよ」

「え？」

エレベーターの扉が閉まった瞬間、吉野が言った。

「うちの病院は拓海君争奪戦が激しいから、みんな彼に近づく女性には目くじらを立てるんだよ。それがたとえ理事長の孫だとしてもね。彼女が失礼な態度を取っていなかったらいいんだけど」

「だから……」

あの女性の視線はそういう意味だったのだ。無意識に唇から漏れた小さな呟《つぶや》きに、吉野が心配そうに咲希の顔を覗《のぞ》き込んだ。

「もしかして、なにか言われた？」

「いえ、私の名前を聞いて驚かれたようだったので、どうしたのかなって思っただけです」

まさか、値踏みをするような視線を向けられたとは言えない。咲希があやふやに返すと、吉野はわかっているという顔で頷《うなず》いた。

「拓海君はモテるからね。看護師や女性医師とか、ファンが多いんだ」

さらりと口にされ、咲希の胸がチクリと痛む。忘れようと思っても忘れられない愛川サラの顔まで浮かんできて、気持ちがしずんでしまう。

「仕事は出来るんだろうけど、病院中の女性の気持ちを玩《もてあそ》ぶのはやめて欲しいよね」

そこまで言って、吉野はハッとしたように口元に手をやった。

「別に君の親族のことを悪く言ってるんじゃないんだ。気を悪くしたかな？」

どうやら彼は天然なタイプらしい。悪気がないのに一言多いせいで相手を怒らせてしまうこともあるのではないだろうか。

医師として軽率な気もするけれど、仕事のときは違うのかもしれない。

「いえ。聞かなかったことにしておきますね」

咲希が小さく口元を緩めると、吉野はホッとしたように微笑み返した。

「こちらが理事長の病室です。僕もあとで改めてご挨拶に伺わせていただきますね」

吉野は病室の前まで咲希を案内すると、廊下の向こうへと去って行った。

「それにしても、理事長にこんなかわいらしいお孫さんがいたなんて驚きましたよ」

白衣を着た年輩の男性が、ベッドサイドのイスに腰掛けた咲希を見て言った。

先ほどから入れ替わり立ち替わり人がやってくるので、ろくに祖父と言葉を交わすこともできなかった。

自己紹介をされても、みんな年輩の男性で白衣を身につけているものだから、初対面の咲希には誰が誰やら区別が付かない。

「まあ、今後は病院に顔を出すことも多いだろうから、君たちもよろしく頼むよ」

ベッドの上でそう答える祖父は、いつもの気むずかしい顔がなりを潜め、なぜか嬉《うれ》しそうだ。

「……咲希です。どうぞよろしくお願いします」

「内科部長の藤田《ふじた》です。どうぞお見知り置きを。まあ、これだけ美人のお嬢さんなら隠しておきたくなる気持ちもわかりますな」

明らかに値踏みをするような視線を感じ、口調は丁寧なはずなのに蔑まれているような気がして、咲希は曖昧に微笑み返した。

みんな口には出さなくても、咲希が婚外子で生まれた子どもだと知っているのだろう。

もし祖父の希望通り藤原家に入ったら、これからずっとこういう世界の人たちとつき合っていかなければいけないのだろうか。

微笑みを浮かべてお世辞を口にしつつも、腹の中ではなにを考えているかわからない人たちと？

咲希は病室を出ていく医師を戸口まで見送りながら、心の中でため息をついた。

「せっかく見舞いに来てくれたのに、疲れさせてしまったな」

祖父にそう声をかけられ、咲希は慌てて表情を取り繕って振り返った。

「いえ、そんなことないです。あまりにもたくさんの方がいらっしゃるので、驚いてはいますけど。おじいさまこそ、お疲れじゃないんですか」

「ああ、いつものことだ。それにあいつらも、突然現れた跡継ぎに自分たちの進退が気になるんだろう。おまえがどんな男性を選ぶかで、今後の病院での立ち位置も変わってくるから心配しているんだ」

医療ドラマや小説で描かれているような、派閥争いとかそういう世界のことだろうか。医師でもない自分には関わりようがないことだと思うけれど、あれだけ熱心に人が訪れるということは、少しは関係することもあるのかもしれない。

「おじいさま。やっぱり、私には無理だと思うんです」

咲希は祖父の顔色を見つつ、そう口にした。

やはり自分には大役すぎる。今のうちに、祖父にもきちんと伝えておいた方がいい。

「おじいさまがどうしても血が繋がっている人間に跡を継がせたいというなら、東條さんや他の親戚の方にお願いした方がいいと思います」

咲希の言葉に、祖父はなぜかため息を漏らした。

「誰か……つき合っている相手がいるのか？　その、結婚を前提にと言うことだ」

「ま、まさか……この間も言いましたけど、私、まだ二十三ですよ？　仕事だってまだ一人前じゃないし」

一瞬東條の顔を思い浮かべてドキリとしたけれど、東條とはつき合っているとは言えないだろう。

勢いで一夜を共にしてしまったという言い方のほうがふさわしい気がするし、ましてや結婚なんて考えたこともない。

「と、とにかく、結婚なんて……まだ早すぎますよ」

想像したこともない自分の結婚話に、思わず頬を赤らめた咲希に、祖父は安心したように頷いた。

「まあいい。それよりまだ半月ほど先なんだが、おまえにつき合って欲しいところがあるんだ。たしか、二十日だったはずだ」

「私にですか？」

「ああ、病院経営者や医師が集まる懇親会でな、私もどうしても顔を出さねばならん。一緒に行ってくれないか？」

懇親会と言えば聞こえはいいけれど、要するに咲希からすれば話をしたこともないようなエリートの人たちの集まりということではないだろうか。

どうして祖父は急にそんなことを言い出したのだろう。

咲希の表情が曇るのを見て、祖父が珍しく小さく笑いを漏らした。

「そんなに大袈裟《おおげさ》なことじゃない。ただのじじいの付き添いだと思ってくれ。長い時間人と会うのはあまりよくないと言われているんだが、断れない集まりもある。欠席でもして、死にそうだなんて噂《うわさ》を流されてはたまらんからな。念のための介添えだ」

「それなら……」

介添えなどしたこともないし、たいして役に立てるとも思わないが、祖父がそれで喜んでくれるならいいだろう。

「詳しいことは佐伯に連絡させるから、そのつもりで頼む」

「はい。わかりました」

咲希は頷いて、祖父が口にした日付を手帳に書きとめた。まだ時間もあるし、千春に頼めば勤務を調整できるだろう。

「咲希」

先ほどより改まった声に顔を上げると、ベッドのそばのイスを目でしめされる。咲希は視線に促されるまま、イスに腰を下ろした。

「おまえには悪いが、これから……おまえの結婚について色々口にする人間が増えてくるはずだ」

「え？」

「私に直系の孫がいるとわかった以上、これからおまえが望もうが望むまいが、たくさんの花婿候補が群がってくる。たぶん今日顔を見せに来ていた奴らも、どうやっておまえに身内の男を引き合わせようかと考えているはずだ」

「そんな」

それは大袈裟すぎる。自分にはそんな価値などあるはずもないのに。

「私も元気なうちは目を光らせることができるが、おまえ自身も近づいてくる男には十分注意するんだ。財産目当ての男で、おまえを不幸にする男だっているかもしれない」

「……」

祖父が心配してくれているのはわかる。でも咲希には他人のことを聞いているような気がして、自身に注意されていることだという実感がわかなかった。

どうしたら祖父は自分がこの場にふさわしくないということを理解してくれるのだろう。

咲希がそんなことを考えたときだった。

控えめなノックの音が響き、咲希は慌てて立ち上がった。

「理事長、よろしいですか?」

咲希が触れる前に扉が開き、先ほど案内をしてくれた吉野が姿を見せた。

「遅ればせながらご挨拶に伺ったんですが、今よろしいでしょうか?」

「どうぞ。先ほどはありがとうございました」

咲希の言葉に、ベッドの上の祖父が眉を上げた。

「なんだ、おまえたち知り合いだったのか?」

「さっき、ロビーから病室まで案内してくださったんです」

「そうなのか。世話になったな。どうだ、咲希。いい男だろう？　最近だとイケメンと言うんだったかな。吉野君は女性の患者さんや看護師たちに人気があるんだ。咲希も気をつけた方がいいぞ」

ついさっき同じようなことを聞いたばかりで、咲希は思わず吉野の顔を見た。

「勘弁してください。僕なんて拓海君に比べたらまだまだですよ」

咲希の視線を感じたのか、吉野は慌てて顔の前で手を振った。

「そんなに謙遜しなくてもいいだろう」

さっきのおじさんドクターたちと話していたときとは違う、祖父の楽しげな声音に咲希はもう一度吉野を見た。

確かにあのおじさんたちの中でなら、女性の視線を釘付《くぎづ》けにしてもおかしくない容姿だ。先ほどはあまり気にしなかったけれど、今風の小顔に縁なしのメガネがその顔を少し印象的に見せる。背が高くスタイルもいい。しかもこの若さで理事長である祖父の主治医とくれば、かなり優秀なドクターなのだろう。

「理事長、こんな素敵な方をどこに隠していたんですか？　ドクタールームでは咲希さんの話で持ちきりですよ」

「ふん、どうせ咲希に自分の身内をあてがおうと算段しているんだろう。吉野くん、君は腕は確かで将来性もあるんだ。あんな化石のような考えを持っているバカどもの話なんか聞くんじゃない」

「そんな。皆さん、理事長とこの病院のことを考えていらっしゃるんですよ」

吉野が苦笑を漏らす。

やはり祖父は誰に対しても口調が辛辣らしい。

「おじいさま。私そろそろ失礼します。またお見舞いにきますね」

咲希は時計を見上げて言った。

こう入れ替わり立ち替わり人が現れては、祖父だって休むことができないだろう。その原因となっている自分が退散するのが一番だ。

「そうか。気をつけて帰りなさい。それに、もう見舞いにはこんでいい。すぐに退院するんだからな」

「はい。でも、なにかあったらすぐにおっしゃってくださいね」

「わかっとる。私が黙っていても拓海が大騒ぎで連絡するだろう」

「そうですよね」

咲希はその言葉に思わずクスリと笑みを漏らした。

やはり祖父は東條を一番信頼しているらしい。そうなると、跡継ぎのことは咲希から東條に頼み込んだ方がいいのかもしれない。

「じゃあ、そこまで送りましょう。今や咲希さんは病院中で注目の的ですから」

吉野の申し出に、祖父が安心したように頷いた。

「ああ、頼む」

「さあ、咲希さん、ご案内しますよ」

その言葉に、咲希はもう一度祖父に声をかけてから病室を出た。

「タクシーに乗られますか？　この時間は退院時間も過ぎているので、客待ちが少ないかもしれません。念のため乗り場までご一緒しましょう。車がいなければ、僕の方ですぐに手配しますから」

「いえ、そこまでしていただかなくても」

これではまるで、本当にこの病院の令嬢のような扱いになってしまう。自分は一般人で、花屋の店員なのに。

咲希が慌てて首を振るのを見て、吉野は笑みを漏らす。

「いいんです。僕も少し咲希さんにお話をしておきたいことがあったので」

吉野はそう言うと、ちょうど扉の開いたエレベーターの中へと咲希を促した。

「あの、どういうことですか」

「理事長の治療についてです。どの程度お話を聞かれていますか?」

どの程度、と聞かれても手術が必要だと言うことしか聞かされていない。

「もしかして……祖父はそんなに悪いんですか?」

担当医に本人がいない場所で聞かされる話といえば、悪い想像しかできない。

「いえ、そんなことはないですよ。驚かせてしまいましたね。検査結果を見たところ、今のところは安定していますから」

その言葉に、咲希はホッとため息を漏らした。

二人でエレベーターを降りタクシー乗り場まで行くと、吉野の予想通り客待ちをしているタクシーはいない。

「ちょっと待って」

吉野は首に下げていた携帯からタクシー会社に連絡を入れると、咲希の方を振り返った。

「あと五分ほどでくるそうです」

「ありがとうございます」

「そうだ、これ僕の連絡先です」

白衣の胸ポケットから一枚の紙を取り出すと、吉野は咲希の手の中に滑り込ませる。

「理事長のことでなにか心配なことがあったら、いつでも連絡してください。もちろん、それ以外の話でもいいですよ」

「……え？」

咲希は一瞬惚《ほう》けて、それから言葉の意味を理解して真っ赤になった。どうやらからかわれているらしい。

「あの……祖父の手術はいつ頃を予定されているんですか？」

誤解をして赤くなった顔を見られたくなくて、吉野から視線を外す。

「東條さんから手術を勧められているという話は聞いたんですが、祖父が承諾しないとか。必要なら、私からも祖父を説得させていただきますので」

「……拓海君は手術をするって言ったの？」

少し間が空いたあとそう尋ねられ、顔を上げる。その瞬間、吉野の表情が少し曇ったことを咲希は見逃さなかった。

「ええ、なるべく早く手術をしたほうがいいって……違うんですか？」

さっきまでのさわやかな笑顔とは違い、今はなにかを迷うような表情で、その変化が咲希を不安にさせる。

「あくまでも主治医としての見解だから、そのつもりで聞いて欲しい」

吉野はそう言いながら咲希の肩を抱くと、乗り場前のベンチに座らせた。

「理事長はもう高齢でいらっしゃるし、体力的なことを考えても僕は手術を勧めていないんだ。高齢の患者さんは手術で寝たきりになることで、逆に足が萎えて体力が落ちてしまったり、そのまま寝たきりになってしまうことも多いしね。もちろんそんなに難しい手術ではないし、患者さんが望めば手術をすることもできる。拓海君だって医師として、十分その可能性も承知していると思ったんだけど」

東條が話していたこととはあまりにも違う説明に、咲希はなにが正しいのかわからなくなった。

「先生は、東條さんの意見に反対なんですか？」

「僕が反対しているというより、彼が僕ら外科の意見に反対していると言った方が正しいな。それに、理事長だって手術を望んでいないんじゃないかな？」

確かに、祖父はそのことで東條とは意見が食い違っているようなことを言っていた。

「それに、彼には色々……」

そう口にしかけて、吉野はしまったというように口元を押さえる。

「ああ、いや、いいんだ」

「なんですか？　色々って」

そこで口を噤《つぐ》まれたら、逆に気になってしまう。

「でも、治療には関係ないことだから……」

「言ってください。私には知らないことが多すぎるんです」

「これは、あくまでも噂だから真に受けないで欲しいんだけど」

吉野はそう前置きをして、少しだけ咲希に顔を近づけて、小さな声で言った。

「さっきも話したけど、彼は……そのモテるんだ。理事長の関係でよく病院に顔を出すから、看護師たちにも人気がある。別にそれはいいんだけれど……どうやら看護師たちに手を出して、飽きると相手にもしなくなるらしい」

「東條さんが……ですか?」

咲希は顔が近いことも忘れて、吉野の目をジッと見つめた。

「実際に僕も看護師の一人から相談を受けたことがある。彼女は妊娠していて、それを拓海君に伝えたら捨てられたって言うんだ」

「まさか……」

あの人はそんな人じゃない。そう言い返そうとしたけれど、東條との一夜を思い出して、咲希はなにも言えなくなった。

愛川サラという親しくしている女性がいるのに、咲希から誘ったとはいえ、身体の関係を持ったのだ。自分もそんな女性の一人として扱われているのだろうか。

「もしかしたら、どうせこの病院は自分のものになると思っているから、なにをしてもいいと思っているのかもしれない」

「……」

吉野の言葉に呆然《ぼうぜん》としていると、敷地内にタクシーが姿を見せ、ロータリーを回って咲希たちが待つタクシー乗り場の前に停車する。

「咲希さん、タクシーが来たよ」

再び肩を抱かれてタクシーまで連れて行かれたけれど、突然聞かされた話に動揺していた咲希はろくに返事もできなかった。

機械的に後部座席に身体を滑り込ませた咲希に向かって、吉野はドアを手で押さえながら身をかがめ、小さく囁《ささや》いた。

「彼は……拓海君には気をつけた方がいい。まさか血の繋がりのある君に手を出すとは思えないけれど、この病院を手に入れるためならなにをするかわからないからね」

「なにをするかわからないって……」

吉野の言っていることは、あくまでも推測だ。それでも祖父の病院の医師である彼が、なんの根拠もなくそんなことを告げてくるとも思えない。

「とにかく、なにかあったら何時でもかまわないから、僕に連絡して。いいね？」

押しつけるような言葉になんとか頷くと、吉野はドアから手を離し、目の前で静かに閉じた。

車がゆっくりと走り出し、ガラスの向こうで吉野が軽く手を挙げる。咲希が頭を下げると、走り出した車からその姿は見えなくなっていた。

chap. 10 会いたくて、会えなくて

数日後、咲希が仕事から帰ると、待ちかまえていた由良子が玄関まで出迎えにきた。

「おかえりなさい。東條さんから荷物が届いてるわよ」

「……東條さんから？」

由良子にせき立てられてリビングに行くと、両手で抱えるほどの段ボール箱が置かれている。

「なんだろ……」

咲希は首を傾げながら箱を持ち上げる。大きさの割に、重さはあまりないようだ。

「とにかく開けてみなさいよ」

由良子の待ちきれないという空気に押されて、咲希は段ボール箱の封を切った。

中には更に白い化粧箱が入っていて、水色の文字でブランド名が書かれている。

「これ……」

「あら！　これ、最近話題の新しいお洋服のブランドじゃない。ほらＮＹから日本に上陸

したばかりで、海外セレブに人気があるっていう」

「そうなの？　叔母さん、詳しいね」

普段ブランド服などに興味のない由良子のセリフとは思えなくて、咲希はその顔をまじまじと見つめた。

「朝の情報番組あるでしょ。あれで紹介してたのよね。今時、これぐらい常識よ」

「そ、そう？」

「咲希、せっかく青山なんておしゃれな街で働いてるんだから、もう少し勉強しなくちゃ。私もよくお友達と表参道までパンケーキ食べに行ったり、新しいカフェとかに行ったりするのよ。咲希なんて毎日都会のど真ん中に通ってるんだし、もったいないじゃない」

この間千春にも言われたけれど、自分はやはり流行に疎いらしい。普段は流行よりも地味な色味やシンプルなデザインを好む咲希としては、箱の中身を見るのが急に怖くなった。

東條は、どうしてそんな話題のブランドの洋服を送りつけてきたのだろう。

電話をして確認しようか？　咲希が逡巡《しゅんじゅん》している間に、由良子がヒョイと持ちあげて、箱を開けてしまった。

「わあっ、素敵じゃない！」

箱の中から出てきたのは鮮やかなロイヤルブルーのワンピースだった。

丸く抉《えぐ》られた襟と半袖の袖周り、それから膝より少し長めのスカートの裾に白いリボンのようなラインが入っているバイカラーのワンピースで、ご丁寧にストラップ付きの白いパンプスも添えられている。

「咲希のイメージにぴったりよ。さすが東條さんね」

「でも……」

この間店に来たとき、東條はなにも言っていなかったのに。素っ気ないぐらい普通の態度だった彼が、どうして急にプレゼントを贈る気になったのだろう。

なにを考えてこの服を選んだのか、東條に直接聞いてみたい。

「ねえねえ、着てみなさいよ」

「ん……その前に東條さんに電話しないと」

咲希はそう言うと、箱を抱えて自室まで階段を駆け上がった。

洋服の箱をベッドの上に置き、バッグの中から携帯電話を取り出す。それから一瞬迷って携帯を机の上に置くと、箱の中からワンピースを取り出した。

普段の咲希なら選ばないような女性らしいデザインだ。東條はこういう服をきた女性が好みなのだろうか。

机の横の姿見に向かって、ワンピースをあててみる。

「……」

しばらく鏡を見つめていたけれど、自分には似合っていないような気がして、すぐにベッドの上に戻してしまった。

「……電話しないと、だよね」

東條の連絡先は知っているし、向こうからは電話やメールをもらったことがある。でも自分から電話をするのは初めてで、咲希はためらいながらアドレス帳の東條の名前を押した。

『東條です』

呼び出し音が鳴ったかと思うとすぐに耳に飛び込んできた声に、心臓がひっくり返りそうになる。思わず携帯を取り落としそうになり、慌ててもう一方の手でそれを支えた。

「……あ」

頭の中が真っ白で言葉が出てこない。そんな咲希の様子が見えているかのように、電話の向こうの東條がクスリと笑った。

『咲希さんだよね？』

「はい……あの洋服が届いて」

『うん、実はそろそろ電話がかかってくるんじゃないかなって思ってたんだ。どう、気に入った？』

「ええ、とっても素敵なワンピースでした。ありがとうございます」

受け取っていいものなのか悩みながら感謝の言葉を口にする。

「でも……どうして突然洋服を送ってくださったんですか」

『今度おじいさまと懇親会に出席するんだって？』

「ええ」

『おじいさま、すごく楽しみにしているみたいで、せっかくだから君にプレゼントを贈りたいって相談されてね。最初はアクセサリーがいいっておっしゃっていたんだけど、いきなり宝石類を贈られたら困るだろ？　だったら、普段も着られるように洋服がいいんじゃないかってお勧めしたんだ』

つまり、この洋服は東條からではなく、祖父からのプレゼントと言うことだ。咲希はホッとしたような、がっかりしたような不思議な気分だった。

もしかしたら東條は自分のことを他の女性とは違い特別に思ってくれているからこそ、プレゼントを贈ってくれたのではないかと、期待していた部分もあったのだ。

『咲希さん？』

黙り込んだ咲希に、東條が心配そうに呼びかける。

『もしかして……気を悪くした？　別に咲希さんが集まりにふさわしくない服装をしてくるとか、そんなことを思ったわけじゃないんだ。ただ、なにを着ていけばいいのか悩ませるよりはいいいと思って』

「いいえ、お気遣いありがとうございます。お言葉に甘えて、早速着させてもらいますね」

『よかった。サイズは大丈夫だったかな？』

「はい。でも、よくサイズがわかりましたね」

咲希も女同士ならなんとなく相手のサイズがわかるけれど、異性となると自信がない。実際、男性もののＳＭＬなどの表記を見ても、東條がどのあたりなのかも想像がつかなかったから、彼がどうやって選んだのかが疑問だった。

『……それは君が一番よくわかってるだろ』

甘く囁《ささや》くような言葉に、咲希は小さく息を呑《の》んだ。

「な、なに言ってるんですか！」

『もしかして、ドキドキしてくれてる？』

「え、あ……っ、ま、まさか……っ」

慌てて否定をしたけれど、自分でも明らかに動揺している声音に頬が熱くなっていくのを感じる。

どうして今日はこんなに……まるで恋人のように話すのだろう。

『咲希さんはかわいいね。今すぐワンピースを着ているところを見てみたいな』

間近で囁くような言葉に、身体の奥の方がギュッとなるような気がした。

『懇親会の日は仕事が入っているんだけど、僕のためにそのワンピースを着て見せてくれる？』

「……え？」

思わず聞き返すと、電話の向こうで東條がため息をついた。

『一応、デートに誘っているつもりなんだけど、どうかな。本当はもっと早く誘いたかったんだけど仕事がたてこんでいたんだ』

デートという言葉に、胸の中でなにかが大きく膨らんでいくのがわかる。

嬉《うれ》しいという気持ちと同時に、ずっと無視されていたから、急に思わせぶりな態度をされて不安も感じてしまう。

東條は本気で誘っているのだろうか。その疑念が浮かんだ瞬間、祖父の病院で会った医師、吉野の言葉を思い出した。

吉野から聞いた話を鵜呑《うの》みにするつもりはないけれど、咲希に嘘《うそ》をついても、吉野にはなんのメリットもないはずだった。だったら、噂《うわさ》になにかしらの根拠があるのかもしれない。

でも、もし東條が祖父の跡継ぎとしてあの病院を狙っているのだとしたら、わざわざ自分と祖父を引き合わせるようなことはしないと思う。

祖父に咲希を見つけることができなかったと嘘をつけばいいのだ。

では女性関係は？　吉野の話では病院の看護師と付き合っていたようだし、先日は愛川サラととても親しそうな姿を見せつけられたばかりだ。東條はなにを考えているのだろう。

いつまでも黙り込んだままで答えない咲希に、電話の向こうからクスクスとからかうような笑い声が聞こえてきた。

『じゃあ、返事は保留にしておこうか。そうだな、おじいさまの懇親会が終わったら、次は僕のためにも時間を作ってくれると嬉しいな』

そう会話を締めくくられたけれど、一度心に落ちた不安の陰は消えることはなく、それは咲希の気づかないうちに少しずつ大きくなっていった。

約束の日、早番の仕事を終えた咲希は、東條が用意してくれたワンピースに着替え、急ぎ足で祖父との待ち合わせ場所へ向かった。

祖父とはホテルのロビーで合流することになっていて、咲希がロビーに足を踏み入れると、祖父はすでに佐伯に付き添われてソファーに腰掛けていた。

「お待たせしてすみません」

小走りで駆けよる咲希に、祖父は顔の前で小さく手を振った。

「そんなに慌てなくても、まだ十分時間はある。仕事だったんだろう」

「お嬢様、ご無沙汰しております。本日のお召し物、とてもよくお似合いでございます」

祖父の隣に控えていた佐伯が、いつものように丁寧に頭を下げた。

「……そ、そうですか？」

褒められ慣れていないせいか、なんだか気恥ずかしい。思わず頬を染めると、祖父もそれに同意するように頷《うなず》いた。

「やはり拓海に見立てさせて正解だったな」

「はい。お嬢様の清楚《せいそ》で可憐《かれん》なところが際立っておいでです」

二人の年上の男性に手放しで褒められて、恥ずかしくて仕方がない。居たたまれないというのは、こういうことなのかもしれない。

そもそも、本人に面と向かって清楚だ可憐だと口にするものなのだろうか。

「……あ、ありがとうございます。でもプレゼントなんて頂いてしまって申しわけないです」

「たまにはかまわんだろう。今までなにもしてやれなかったんだ。私も選んでやりたかったんだが、拓海が自分にまかせろと言い張ってな」

「東條さんが？」

咲希が顔を赤らめるのを見て、祖父が意味ありげに頷いた。

懇親会の会場はホテルのバンケットホールで、佐伯と別れ中に入ると、すぐにたくさんの人に囲まれることになった。

主に祖父と同じような病院経営者や年輩の医師が多く、咲希は紹介されるたびに頭を下げる程度で、特になにをするということもない。

ただ祖父の病院を見舞ったときと同じで、次から次へと名刺を手渡され、自己紹介をされる。しかも、なぜか東條の年齢に近い若い男性の方が多かった。

「咲希、彼はH大学病院で外科医として勤務しているんだ。隣の彼はお父上がJ大学病院の内科部長だな。それから……こちらの彼は、医療機器を扱う会社の二代目だ」

初めは祖父に紹介されるたびに頭を下げて名前を覚えようとしていたけれど、あまりにもたくさんの人に紹介されるので、すぐに誰が誰だかよくわからなくなってしまった。

ただわかるのは、祖父は自分に婿となる男性を紹介しようとしているということだった。

でも咲希はそんなことよりも、祖父の体調の方が気にかかった。小さな規模だと聞いていたのに、会場は百人を超える人で溢《あふ》れていて、ひっきりなしに声をかけられる。

「おじいさま、一度どこかに座られたらいかがですか？」

ちょうど挨拶の人が途切れたところで、咲希は壁際に置かれたイスを指した。

「そうだな、少し休むか」

「なにか飲み物をとってきますね」

祖父をイスに座らせると、咲希はドリンクサービスをしているカウンターに近づいた。

祖父にはウーロン茶を、自分用にオレンジジュースを注文したときだった。

「咲希さん！」

こんなところで知り合いに会うと思っていなかった咲希は、驚いてその声の主を見た。

「吉野先生？」

「やっとお話ができましたね。先ほどからお声をかけるタイミングを窺《うかが》っていたんですが、ずっとたくさんの人に囲まれていたので」

吉野はそう言うと、サービスのスタッフが用意したドリンクを咲希より先に受け取ってしまった。

「あ、ありがとうございます」

「理事長のところに戻られるんですよね。ご一緒してもいいですか？」

「もちろんです」

咲希は頷くと、吉野を祖父の待っている場所へと案内した。

「おじいさま、吉野先生がいらっしゃいました」

「おお、君も来ていたのか」

祖父は意外そうな視線を吉野に向けながら飲み物を受け取った。

「病院の方はいいのか？」

「はい。今日は特に急患もありませんでしたから。それに、僕は理事長の体調が心配で様子を見に来たんですよ」

「なにを言ってるんだ。どうせ君は咲希が目当てだったんだろう？」

「それも少しはありますね」

悪びれもせずそう口にする吉野に、祖父はニヤリとしただけで、なにも言わなかった。

「でも、あまりチャンスはないようですよ。僕はお電話をいただけるのを待っていたんですが、振られてしまったようです」

「そうなのか？　咲希は簡単に男になびかないみたいだな」

からかうような視線を向けられ、返事に困ってしまう。

もともと祖父のことでなにか心配があったら連絡を欲しいと言われたけれど、それ以外に連絡する理由もない。

それに吉野は悪い人ではないけれど、なんとなく押しつけがましいような部分を感じて、咲希は苦手だった。

東條や佐伯に褒められる時は、恥ずかしいけれど居心地は悪くない。でも同じように社交辞令を口にする吉野の目は笑っていないような気がするのだ。

理事長の孫娘だから、仕方なくそんな言葉を口にしていて、少しずつ態度に滲《にじ》み出ているのかもしれない。

「今日は咲希さんのように若い人が少ない集まりだから、退屈なんじゃないですか？」

吉野が気遣うように顔を覗《のぞ》き込んでくる。

「そんなことないです。皆さん親切にお声をかけてくださいますから。お話になっている内容は専門的でわかりませんけど」

「じゃあ、僕が通訳しますよ。わからないことがあったら遠慮なく聞いてくださいね」

「ありがとうございます」

これも社交辞令のひとつなのだろう。咲希が失礼のないように曖昧に笑い返すと、祖父が立ち上がりながら言った。

「どれ、会場をもう一回りしてくるか。吉野君、咲希の相手を頼むぞ」

「おじいさま？　私も一緒に……」

「かまわん。ジジイの相手ばかりでは息が詰まるだろう。ゆっくりしていなさい」

咲希の制止も聞かず、祖父はすぐに人混みの中に紛れてしまい、心細さを抱えながら祖父が消えた方向を見つめるしかなかった。

気を利かせて吉野と二人きりにしてくれたのかもしれないが、それは誤解だ。できれば、二人きりになりたくなかったのに。

もともと男性と二人きりで会話をするのは得意ではない。ましてや吉野と会うのは二度目で、共通の会話と言えば祖父の病気のことぐらいだ。

それに吉野だって、急に自分の相手を押しつけられて迷惑だろう。

「すみません。せっかく祖父に挨拶に来てくださったのに」

適当に話を切り上げて祖父を捜そう。咲希がそう考えたときだった。

「理事長には申しわけないけど、僕はもう少し君と話がしたかったからありがたいかな」

「え？」

「言ったでしょう？　僕は咲希さんが電話をくださるのを待っていたって」

吉野のストレートな言葉に、返事に困ってしまう。

「あの……すみません。吉野先生はお忙しいですし、用事もないのにお電話をしたら失礼かと思って」

「優しいんですね。でも、咲希さんからの電話なら大歓迎ですよ」

「はあ」

どうしてこんな会話になってしまっているのだろう。祖父が二人きりにしたということは信頼できる人物なのだろうけれど、なぜか落ち着かない。

「咲希さん、今日のワンピース素敵ですね。とてもお似合いですよ」

「あ……ありがとうございます。おじいさまがプレゼントしてくださったんです」

「へえ……理事長も案外趣味が若いな」

驚いた顔をして、吉野はもう一度咲希の全身を見下ろした。

「いえ、選んでくださったのは東條さんなんですけど」

「……」

すると、先ほどまで愛想の良い笑顔を浮かべていた吉野の顔が少し曇る。その目はどこか遠くを見つめて、なぜか鋭く尖《とが》っているように見えた。

「吉野先生？」

急に黙り込んでしまった吉野が、咲希の言葉で再び表情を取り戻した。

「そういえば……心配していたことがあったんです」

「え？」

「あれから拓海君からなにか言われたりしてない？」

「どういうことですか？」

前に病院で聞かされた東條の噂話が頭の中によみがえる。咲希が眉をひそめると、吉野は咲希の耳に唇を近づけて、小さな声で言った。

「実はね……やっぱり咲希さんのことが心配で、僕もちょっと調べてみたんですよ」

「……調べたって、東條さんをですか？」

「ええ」

吉野はいったん言葉を切ると、あたりを見回しながら、更に声を潜める。

「どうも、あの噂は本当らしいんです」

その言葉に、咲希の鼓動が速くなった。

噂というのは、東條が病院の女性に手を出して、飽きたらそのまま捨ててしまうというあの話だろうか。

東條に限ってそんなことはあり得ない。そう思っていたはずなのに、吉野の真剣な口調に、もっと詳しく聞きたいと咲希は身を乗りだした。

そうしないと、騒がしい会場の中で吉野の言葉を聞き逃してしまいそうだと思ったからだ。

「それとなく親しい看護師に探りを入れてみたんですよ。咲希さんになにかあってからでは遅いですからね。ただ、これは彼の身内である咲希さんには、嫌な話だと思うんです」

できれば言いたくない。吉野の態度はそんなふうに見える。でもさすがの咲希でも、ここまで口にされて、じゃあ結構ですとは言えない。

「かまいません。おっしゃってください」

「そうですか？　では理事長や拓海君には話さない方がいいでしょう。僕は君が彼の毒牙にかからなければいいと思っているだけなんですから」

「はい」

もったいぶった言い方に、咲希にしては珍しく苛立ちを覚えていた。どうしてこの人はいちいちとってつけたような言い方をするのだろう。

「その……看護師の話によると、妊娠の噂があった看護師はすでに退職してしまっているんです。表向きは地元に帰るということだったんですが、その転職の世話を拓海君がしたそうなんですよ」

「私はよくわかりませんけど、東條さんは医療コンサルタントをされているから、たまたま紹介してあげたってこともあるんじゃないですか？」

「咲希さんは優しいんですね。僕は……男だから、その目線で言わせてもらうと、身内の病院、ましてや将来自分のものになるかもしれない病院に問題がある女性を置いておきたくなかったんじゃないでしょうか。もし彼が結婚でもしたとき、その女性と未来の院長夫人がもめたら困りますからね」

「……そうなんですか？」

探るような咲希の言葉に、吉野は慌てて顔の前で手を振った。

「ぼ、僕は違いますよ？　あくまでも一般論ということで。ただ、他の看護師も知っている話のようだったし、調べれば他にも色々出てくるんじゃないでしょうか。僕は……彼が咲希さんに近づくのを阻止したいだけなんです」

突然甘くなった声音に、咲希はドキリとして吉野の顔を見た。

「僕は理事長と咲希さん、それからあの病院を守りたいんです。僕が言いたいことわかってもらえますよね？」

声を潜めていたせいか、思っていたよりも吉野の顔がそばにあって、急に居心地が悪くなる。

人前でこんなに顔を寄せて話をしていたら、周りの人に誤解をされてしまいそうだ。

咲希は吉野のそばから離れようと思ったけれど、いつの間にか壁際に背中を押しつけるように立っていて、逃げ場がなかった。

「……咲希さん」

逃げ場を奪うように吉野が片手を壁に押しつける。

決して親しい間柄ではない男性に、こんなに近くで囁くように話しかけられるのはひどく不快だ。

咲希がなんとかその腕を押しのけて逃げだそうと考えたときだった。

「咲希さん！」

――会いたいけれど、会いたくない人。

その人の声に、咲希は心臓が高鳴るのを確かに感じた。

chap.11 シンデレラにはなれない

まるで咲希のピンチを待っていたかのように飛び込んできた声に、壁に伸ばされていた吉野の腕が緩む。咲希はその隙を縫って、吉野のそばから離れた。

「東條さん！」

思っていたよりも大きな自分の声に驚きながら、この場にいないはずの人の姿を見つめてしまう。

どうしてその声を聞いただけで、自分の心臓はこんなに騒いでいるのだろう。

「お仕事だって言ってたのに……どうしたんですか？」

無意識に表情が明るくなった咲希に吉野が苦い顔をしたけれど、東條が現れたことに驚いていた咲希は気づかなかった。

「早く片づいたから、咲希さんの晴れ姿を見せてもらおうと思ってね。思った通りだ。その服、君にとても良く似合っているよ」

「ありがとうございます」

今日はみんなから褒められてばかりだ。これだけ何度も褒められると、自分が特別に魅力的な女性になったのではないかと誤解してしまいそうになる。

それに吉野に褒められたときより嬉《うれ》しくなってしまうのはなぜだろう。

「おじいさまは？」

「今、会場を回られているんです。おひとりでいいからとおっしゃって」

「じゃあ、僕が到着したことを知らせるついでに、おじいさまを探しに行こうか」

「はい」

東條の言葉に頷《うなず》いてから、吉野が一緒にいたことを思い出す。咲希は慌てて吉野を振り返った。

「す、すみません……」

無視をするつもりはなかったけれど、これでは一緒にいた吉野に失礼すぎる。咲希が申しわけなさに頭を下げると、吉野はその顔に笑みを貼り付けて首を振った。

「大丈夫ですよ。僕もそろそろ行かないといけないので、あとは拓海君にお任せしますよ。咲希さん、今日はとても楽しかったです。またご連絡しますね」

「あ、はい」

咲希は吉野の笑顔にホッとして頷いた。

「……吉野先生と連絡を取ってるの？」

吉野が二人から離れたとたん、東條がぽつりと言った。

「あ、おじいさまの主治医と言うことで色々心配してくださって、連絡先を教えてくださったんです」

「そう」

東條は咲希の返事に少し考え込むようにして、それから思い切ったように口を開く。

「吉野君には近づかない方がいい」

「……え？」

言葉の意味がわからず、咲希は背の高い東條の顔を見上げた。

「彼は人当たりもいいし患者さんや看護師たちにも人気がある。でも君は色々な意味で世慣れた彼とつき合うには少し若すぎるよ」

「どういう意味ですか？　吉野先生は色々親切にしてくださって、いい人です」

さっきまでは吉野のことを少し面倒くさいと思っていたはずなのに、東條のまるで子どもに言い聞かせるような口調に苛立ちを覚えてしまう。

さっきだって、別に東條が声をかけてくれなくても自分でなんとかできたのだ。ただ、東條がそのタイミングで声をかけてきただけなのに。

「それは僕もわかっているよ。ただ、彼はあまり男性経験のない君には荷が重すぎると思っただけだよ」

〝男性経験のない〟という言葉に、咲希の頬がカッと朱に染まる。やはり彼はあの夜の咲希に満足していないのだ。

でも、こんなときだけ咲希のことをよく知っているような、自分の庇護下《ひご か》にあるような言い方をするのはずるい。自分は東條の所有物でもなんでもないのに。

「私が誰とおつき合いしようが、東條さんに関係ないと思います」

腹立ちまぎれに口にした言葉は、自分が思っているよりもきつく響いた。

咲希がこんなふうに反抗的な態度をとるとは思っていなかったのだろう。東條の顔は少し面食らったように見える。

「……本気で言ってるの？」

「……」

問いただすような視線に、咲希は子どものようにぷいっと顔を背けた。すると東條があからさまに大きなため息を漏らす。

「咲希さん、僕には君をこちらの世界に引き込んでしまった責任がある。君にとって不利益になるような人間とはつき合って欲しくないんだ」

まただ。保護者のような顔をして、結局は自分の思い通りにことを運びたいだけで、咲希のことを心配しているわけではない。

彼は親戚としての責任感から自分を管理したいだけで、女性として見られてはいないのだ。

「……別に東條さんに責任をとって欲しいなんて思ってません」

吉野の話では自分は病院の看護師や他の女性と自由につき合っている。それに千春が言っていたように、あの愛川サラとも色々とあるんじゃないだろうか。

さっきまで半信半疑だった吉野の話が、頭に血が上った今では、本当の話でもあるかのように思えてきてしまった。

唇を引き結び横を向く咲希に、さすがの東條も困り果てていた。

「どうしたの？　今日は本当に機嫌が悪いね。もしかして、誰かになにか嫌なことでも言われた？」

駄々っ子の機嫌をとるような口調に、咲希は東條を睨《にら》みつけた。

「もう放っておいてください！　これ以上東條さんに迷惑をかけるつもりはありませんから！」

「咲希さん？　ちょっと落ち着いて」

思いの外大きな咲希の声に、周りで歓談していた人たちも二人の様子に気づき始めていた。

「どうしていつもそんなふうに、保護者みたいな顔をするんですか？　私だって一人前の大人です。今までだって一人でなんでもやってきたのに、どうしてそんなに私にかまうんですか」

後になって、世話になった東條に対して恩知らずなことを口にしてしまったと後悔したけれど、色々な不安でいっぱいになっていた咲希にはそのことを気にする余裕はなかった。

「僕は君の支えになると約束した。だから……」

「もういいんです。私にかまわないでください！」

本当はただ〝君が好きだから〟とか〝君が大切だから〟とか、恋人としての言葉を聞きたかった。

東條と自分の間には血縁者として守り守られるという関係しか見いだせないことに、咲希は絶望にも似た気持ちを抱いて、そう叫んでいた。

その場から立ち去ろうとする咲希の二の腕を東條が捕らえる。

「咲希さん！」

「離して！」

「二人ともいい加減にせんか！」

大声ではないけれど、低く鋭い声に咲希と東條は動きを止めた。

「拓海、なにを騒いでいるんだ」

「……おじいさま」

いつの間にか咲希の眦《まなじり》に浮かんだ光るものに目を留めた祖父が、その表情を険しくする。

「いくら仲がいいからと言って、こんなところでまで喧嘩《けんか》をするもんじゃない。おまえたちにとってはいつものことでも、ここにいる人たちはみんな驚いているじゃないか」

祖父はわざと周りに聞こえるようにそう言うと、こちらの様子を窺《うかが》っていた人たちに向かって頭を下げた。

「すみませんな。孫どもは仲がよすぎて、いつも寄るとさわるとこんな感じでして。ま、兄妹喧嘩のようなものでしてなぁ。なんでも言い合えるほど仲がいいのも、善し悪しですな」

祖父の言葉に納得したのか、周りの人たちもホッとしたように笑顔を浮かべる。咲希は祖父の機転に感謝しながら、自分も頭を下げた。

「……お騒がせいたしました」

「いやいや、元気がよくていいじゃないですか。藤原総合病院もこの元気なお孫さんたちがいれば安心ですな」

「そうですよ。東條君にはうちの病院もお世話になっていますが、いつもいい先生を紹介していただいているんです」

「お恥ずかしいところをお見せいたしました」

東條も顔なじみらしく、祖父のそばにいた年輩の男性に向かって頭を下げた。

しばらく祖父を交えて仕事の話をしているようだったけれど、咲希はまださっきまでの興奮が身体の中に残っているようで、ぼんやりとそのやりとりを眺めていた。

そして祖父に恥をかかせてしまったという後悔と、自分があんなふうに東條に当たってしまったことに驚きを覚えていた。

今までどちらかというと人と争ったり言い合いをするのが苦手で、流されやすいタイプだと自分でも自覚していたのに、男性にあんなに強く出ることができた自分に、新鮮な驚きを感じた。

どうして東條にはあんなふうに苛ついて、腹を立ててしまうのだろう。

祖父が疲れたといって会場を後にするまで、咲希は自分の変化が気になって、ほとんど口を開かないでいた。

「まったく。あんなところで声を荒らげるとは、何事かと思ったぞ」

ホールを出たとたん、祖父が呆《あき》れたように言った。

「……」

祖父の体調を心配して付き添いを引き受けたのに、逆に心配をさせてしまい返す言葉もない。

すると、東條が咲希の代わりに口を開いて頭を下げた。

「申しわけありません。僕が咲希さんに色々言い過ぎたせいです」

「本当だ。おまえの方が年上で、あの場所で騒ぎを起こしたらどうなるかぐらいわかっていただろうが。咲希に恥をかかせおって。あの騒ぎで、おまえの婿候補にと思っていた男たちの何人かがしっぽを巻いて逃げ出したな」

後半は咲希に向けられた言葉だったけれど、返事のできない咲希の代わりに、またもや東條がそれを引き取った。

「いいじゃないですか。あれぐらいのことに怯《ひる》む男ならおじいさまの方からお断りでしょう?」

「まあな」

含み笑いを浮かべる祖父は楽しそうだ。

「藤原先生? 藤原先生じゃないですか!」

「おお、安西君か」

咲希たちに続くようにホールから出てきた男性に声をかけられ、祖父は足を止めた。

「先生、入院されていらっしゃると伺っていましたが、お身体はいいんですか？」

「なに、たいしたことはない。年病みというやつだ」

祖父はそう言って男性と笑い合うと、咲希を振り返った。

「咲希、私は少し安西君と話があるから、拓海に送らせよう。拓海、いいな」

「え、いいえ、大丈夫です。だったら、私は……」

一人で帰ります。そう答えようとした咲希の言葉を遮るように、東條が割って入る。

「承知しました。ちゃんと送り届けますからご安心ください」

東條はそう答えると、咲希の返事を待たずに背中を押すようにして歩き出した。

「ちょっ……と、待ってください！　私は一人で帰れますから！」

まるでさっきもめたことなどなかったような態度に、咲希は再びイライラがこみ上げてくる。

「おじいさまにも送るように言われているからね」

逃げ出さないようにだろうか、東條は素早く咲希の手首を摑《つか》む。

「放して！」

さすがに人目を気にして小声で叫ぶと、なにを思ったのか、東條は咲希の手首を摑んだまま、すぐそばにあったガラス戸を押した。

そこは空中庭園のようになっていて、バンケットホールの窓からも出入りできるようになっている。

結婚式でも人気のあるホテルだから、ガーデンウエディングなどにも対応しているのだろう。

今日のパーティーでは使用していないようで、夜の空中庭園にはひと気がない。咲希は他に人がいないことにホッとため息を漏らした。

周りにビルが多すぎるせいで星は見えないけれど、空気は思ったより澄んでいる。ホテルに着いてから、ずっと人目にさらされていたから、一気に緊張から解放された気がした。

「……放してください。逃げたりなんかしませんから」

咲希がぷいと顔を背けながらつぶやくと、その手があっさりと自由になる。

「別に逃げるだなんて思ってないよ。咲希さんと落ち着いて話がしたかっただけなんだから」

「……私が言いたいことはさっき言いました。だから、もう話すことなんてありません」

横を向いたままそう答えると、東條が小さくため息を漏らした。

「じゃあ、今度は僕の番だ。はっきり言わせてもらうけど」

目の端で東條が動く気配がしたかと思うと、再び腕を引かれて、次の瞬間頬を東條の胸に押しつけられていた。

「……や……っ！」

慌てて腕を突っ張って身体を離そうとしたけれど、それよりも早く力強い腕が背中やウエストに巻き付いてしまう。

嫌悪よりも心地よい感触に、咲希は悲鳴のような声を上げた。

「は、放して……っ！」

「僕の話をちゃんと聞いてくれたら自由にしてあげる」

「なっ……！」

ジタバタと暴れる咲希を見下ろす東條の口調には余裕があり、なんだかからかわれているような気がして悔しい。

咲希が思わず唇を噛《か》んで東條を見上げると、背中に回っていた手が動いて、指先が唇に触れた。

「そんなふうに噛んじゃダメだよ。赤くなってる」

「……っ！」

スッと下唇をなぞる感触に、咲希はびくりと背中を震わせた。

どうしてこんなことになっているのだろう。これ以上東條に近づきたくないのに、身体が勝手に反応してしまう。

「今日は……気に入った男性はいたのかな？」

「え？」

指先は相変わらず下唇をなぞっていて、咲希はその羽で撫《な》でられるようななんとも言えない刺激に意識を奪われ、一瞬言葉の意味が理解できなかった。

「吉野先生ともずいぶん楽しそうだったし、他にも気の合う人がいたんじゃないの？」

なんだか東條は怒っているような気がする。咲希が戸惑いながらその顔を見上げると、ウエストに回された腕にグッと力がこもり、さらに身体を密着させられる。

「……東條、さん……」

「おじいさまは君に見合いの相手を引き合わせたくて必死みたいだけど、君はどう思ってるの？」

「そんなの……」

東條だって、咲希が祖父の勧めに従いたくないということは知っているはずだ。

それだけの話なら、こんなに身体を近づける必要はない。ガラス戸から誰かが外に出てきたら、恋人同士が愛を囁《ささや》き合っているように見えてしまう。

ただでさえ東條を身近に感じてドキドキしてしまうのに、こんなふうに囁かれたら、もうなにも考えられない。頭がおかしくなりそうだ。

咲希はこれ以上東條のそばにいたくなくて、再び腕で広い胸を押した。

「あの……私は、誰とも結婚するつもりはありませんから」

——だから、もう放してください。

そう言葉を紡ごうとした唇は、強引に東條のそれに塞がれていた。

「ん……っ！」

今までのキスとは違い奪うような乱暴なキスに、咲希はとっさに目の前の胸を叩《たた》く。

「やっ……」

腕の中から逃げ出そうとしたけれど、顔を押しつけるように強い力で抱きしめられてしまった。

「はな、し……て」

頰や耳に熱い息が触れて、頭の中が真っ白になる。

「咲希……君は……僕のものだ」

熱に浮かされたようなつぶやきに、一瞬だけこのまま東條に身を預けてしまいたいと思った。

でも、今すべてを委ねてしまうのは、なにかが違う気がする。今の自分と東條は対等ではない気がするのだ。

東條は咲希を支えたいと言うけれど、それは咲希を自分の庇護下におきたいという意味ではないだろうか。

――たとえば、たくさんの女性の中の一人だったら？

「いや……ダメ、なの……っ」

吉野の言葉のすべてを信じるわけではないけれど、いつも頭の片隅にその言葉は残っている。

千春の言うとおり、愛川サラが本命の恋人かもしれないし、病院にもそんな人がいるのかもしれない。

ほんの一瞬の間にその根拠のない噂話《うわさばなし》が咲希の頭の中に広がって、それ以外の正解はないような気になってしまう。

気づくと咲希の目からは涙が溢《あふ》れていて、それに気づいた東條が咲希を抱く腕を緩めた。

「咲希さん……」

「もう……これ以上私に触れないで」

　東條の腕から抜け出した咲希は、濡《ぬ》れた頬を隠すように背中を向けた。

「私は……東條さんとの関係を続けようとは思っていません」

「……どうして？」

「……私はあなたの持ち物じゃない」

　今のキスで、わかってしまった。自分は東條のことが好きすぎて辛いのだ。たくさんの女性の中の一人ではなく、ただ一人の女性として見て欲しい。

　でもそれを東條に押しつけるわけにはいかない。最初からそんな約束をして始めた関係ではないのだから。

「私はまだやりたいこともあるし、結婚とか誰かのものになるなんて自由がなくなるじゃないですか。だから東條さんだけじゃなく誰とも付き合ったりしません」

　咲希は溢れた涙を乱暴に拭って東條に微笑みかける。

「あの夜は……不安だったから東條さんに頼ってしまっただけなんです。私はもう大丈夫ですから、気にしないでください」

「どういう意味？」

　咲希の知っている東條らしくない、鋭く突き刺さるような視線が怖い。

「だ、誰でもよかったんですよ、別に。あの夜、私のそばにいてくれる人だったら」

これ以上東條の顔を見ているのが辛くて、再び背を向ける。

「東條さん年上だし、上手そうだし……いいかなって。でも、別に付き合うとかそういうの……か、考えたこともなかったし。だからもう私のことは放っておいてください。東條さんも色々忙しいでしょ」

自分で口にしながら、あまりにもひどい言葉に胸が痛くなる。でも、これ以上東條のことを好きになりたくなかった。

もう十分傷は深いけれど、これ以上傷つかないためには二度と東條と二人きりで会ったりしてはいけないのだ。

東條の顔を見るのが怖い。でもいつまでもここに二人きりでいるわけにはいかない。

その時背後の気配が動いたような気がして、咲希は恐る恐る振り返った。

「あ」

そこにいると思っていたはずの東條の姿は見えない。東條は咲希の言葉に腹を立てて行ってしまったのだろう。

でもこれでよかったのだ。ハトコ同士の男女関係の揉《も》め事など祖父には知られたくない。

東條のことだから、祖父の前ではきちんと接してくれるはずだ。咲希はそう考えながら、新たに滲《にじ》んできた涙を指でぬぐった。

chap.12 強引なエスコート

「おじいさま、お茶の準備ができました」

車椅子のまま窓辺に座った祖父に声をかけると、

「ああ、もらおうか」

ちらりと咲希を見て頷《うなず》く。

咲希はストッパーを外すと、車椅子をゆっくりとテーブルに寄せた。

「検査の結果、問題なかったそうですね」

近藤がセットしておいてくれたポットから、花びらを思わせるデザインのティーカップに紅茶を注ぎながら咲希は祖父に笑顔を向けた。

「もう聞いたのか」

「ええ、佐伯さんから。今日着いたとたんに、嬉《うれ》しそうに教えてくれました」

「なんだ、拓海から聞いたんじゃないのか」

祖父が顔を上げて、咲希をちらりと見た。まるで探るような視線に、目をそらし祖父から離れる。

「まだ、仲直りをしてないのか？」

「……」

なにも答えない咲希に、祖父がため息をついた。

「てっきりあの懇親会のあと仲直りをしたのだと思っていたが……」

「……すみません」

「なにがあったのかは聞かないが、二人できちんと話し合いなさい」

咲希はうつむいたまま小さく頷いた。

もう話し合いの余地はないのだと伝えたら、祖父はがっかりするだろうか。

「まあ、そんなに気にすることもない。あいつはなんでも仕切りたがるところがあるんだ。たまには自分の思い通りにならないことがあることも知った方がいい。せいぜい困らせてやるといい」

確かに、祖父の言うとおり、東條にできないことなどないような気がする。容姿もいいし、財力もある。もちろん気遣いや性格も抜群なのだから、女性の心も思いのままだろう。

でも最後に空中庭園で話した夜、東條は咲希の言葉を聞き、なにも言わず立ち去った。

そしてあれから一度も連絡がないのだから、もう自分のことなどどうでもよくなったのだろう。

ふと、一番初めに東條に食事に誘われたことを思い出した。

あのときは東條が祖父の命令で自分に会いに来たことなど知らず、ただドキドキして、戸惑いながらも東條に誘われたことが嬉しかったのに。

なんの繫がりもなく偶然出会っていたら、違ったのだろうか。そう考えてから、咲希はその考えを打ち消した。

そもそもなにもなければ、エリートの東條と花屋の店員である自分に接点などなかったのだから。

咲希がうつむいたままそんなことを考えていると、扉が控えめにノックされて、佐伯が姿を見せた。

「旦那様、拓海様がおみえです」

「え⁉」

ちょうど東條のことを考えていた咲希はイスの上で飛び上がりそうになった。

どうして東條が来るのだろう？　祖父はそんなことを一言だって言わなかったはずだ。

「こちらにお通ししてもよろしいですか」

「ああ、かまわん」

祖父は知っていたのか、佐伯の言葉に表情を変えずに頷いた。

「おじいさま⁉」

思わず立ち上がった咲希に向かって、祖父はなだめるように手を振った。

「座りなさい」

「でも……あの、お約束があるのなら、私はこれでお暇させていただきますから……」

なんとか東條と顔を合わせない方法はないのだろうか。咲希が腰を上げかけたとき、再び部屋の扉がノックされ、佐伯に案内された東條が姿を現してしまった。

「おじいさま、お加減はいかがですか？」

東條は祖父に向かってそう声をかけてから、咲希に向かって笑いかける。

「咲希さん、こんにちは」

その笑みは自信たっぷりで、明らかに咲希がいることを知っていて訪れた顔だ。

「……」

まだ自分の置かれた状況が飲み込めず、咲希は戸惑いを隠せないまま無言で東條を見つめた。

「拓海は、おまえと話がしたいそうだ。自分一人では会ってもらえないから立ち会って欲しいと頼まれたんだ」

「……そんな」

　祖父の目は楽しげで、なんだかこの状況を面白がっているように見える。

「まあ、じじいのお節介だ。少しだけ付き合ってくれないか」

　そう言われて断るほど、もう咲希は祖父のことを他人だとは思えなくなっていた。

　渋々ながら咲希が頷くと、タイミングよく入ってきた近藤がティーセットを新しくして部屋を出て行った。

「それで？　おまえの話というのはなんなんだ？」

待ちきれず口を開いた祖父に、東條が苦笑いを浮かべる。

「おじいさま、口を出さないって約束ですよ。まず僕の話を全て聞いてから意見を言ってくださいってお願いしたじゃないですか」

「どうせ話すんだから、さっさと話したらいいだろう。老い先短い年寄りの時間を無駄にするものじゃない」

「何をおっしゃってるんです。ぴんぴんしてるじゃないですか」

「いいから、早く話せ」

焦れたような祖父の言葉に、東條は困ったように笑いながらイスから立ち上がり咲希のそばに立った。

「君ときちんと話をするには、この方法が一番いいと思って」

「……は、話すことなんてもうないと思います」

「そうかな？　この間は君が一方的に話して終わってしまった気がするけど？」

あの夜の出来事を思い出させるような言葉に、咲希はひとりでに頬が赤くなるのを感じた。

まさか、祖父の目の前でこの間の話の続きをしようと、本気で言っているのだろうか？

「あの、ちょっと待って……」

さすがに恥ずかしくて、咲希が場所を変えたいと言いかけたときだった。東條がいきなり咲希に向かって右手を差し出した。

「咲希さん、僕と結婚を前提におつきあいをしてください」

「な……っ！」

咲希は東條の言葉に頭を殴られたような衝撃を感じ、イスに座っているのに立ちくらみのようなめまいを覚えた。

「な、なにを……」

気づくと、膝の上で重ねていた手が震えていて、咲希は気づかれないように両手をギュッと握りしめた。

「君にはここまではっきり言わないと、僕の気持ちが伝わらないみたいだからね」

「な……」

何度も口を開きかけたけれど、驚きすぎて言葉が出てこない。東條は咲希を満足げに見下ろしながら、ちらりと祖父に笑顔を向けた。

「おじいさま、そういうことなんですよ。もちろん、お許しいただけますよね？」

「ふん、許さんと言っても、押し通すつもりなんだろう？」

祖父の言葉に東條はただニヤリと笑っただけだ。初めて見る、東條のいたずらを見つかった子どものような表情に、咲希は自分が東條という人を誤解していたのだと気づいた。

この人はただ礼儀正しくことを運ぼうとするのではなく、どんな困難なことも思い通りに運ぼうと努力をする人だ。ついさっき、祖父にもそう言われたばかりだった。

それにてっきり怒り出すと思っていた祖父は楽しげで、気のせいか、先ほどよりも顔色がよくなり生き生きとして見える。

なんだか自分だけ取り残されてしまったみたいだ。

ふと、東條にこの家のことを聞かされて、初めて祖父を訪ねた時を思い出した。あのときも咲希がわからないうちに話が進んで、こんな気持ちになったのだ。

だいぶ冷静になってきた咲希は、自信たっぷりの笑みを浮かべる東條をにらみつけた。

「……私は、東条さんと結婚するつもりはありませんから！」

思っていたよりもきつく響いた言葉に、先ほどまで楽しげだった祖父も表情を硬くした。

祖父は知らないのだ。東條には他にも付き合っている女性がいて、その人たちとは咲希よりももっと親密なはずだということを。

結婚という言葉で誤魔化されたりなんかしない。

「おじいさま、東條さんには付き合っている女性が、私が知っているだけでも最低二人はいらっしゃるはずです。そちらの方とご結婚なさって、できれば藤原を継いでいただけばいいんじゃないでしょうか」

「拓海、そうなのか？　おまえは他にも付き合っている女性がいるのに咲希に手を出そうと思っていたのか？」

祖父の声の調子が変わったので、咲希は自分が大変なことを口にしてしまったことに後悔を覚えた。

実の孫のように可愛がっている東條のそんな話など聞きたくないはずだし、信頼していた分、ショックを受けるはずだ。

咲希がわびるような視線を祖父に向けると、その身体が突然前に傾ぐように揺れた。

発作だろうか。咲希が駆け寄ろうとした瞬間、耳に届いたのは祖父の笑い声だった。

笑っていた。

かみ殺すような笑いがだんだん大きくなり、気づくと文字通り腹を抱えるようにして

「くくく……っ」

「お、おじいさま?」

「咲希、その話、誰から吹き込まれたんだ? どうせ拓海が看護師を妊娠させて捨てたとかそんな話だろう?」

「え? どうして……ご存じなんですか?」

もしかして、祖父の耳にも届いている話なのだろうか。それなら、自分の病院なのだから、祖父がもっと東條の行動に注意をするべきなのに。

「……またですか」

東條もやれやれという顔で苦笑いを浮かべている。

またもや一人だけ置き去りにされた咲希は、わけがわからず祖父と東條の顔を交互に見た。

「どうせ吉野君あたりが吹き込んだんだろう? あいつは最近咲希の周りをうろうろしとったからな」

「ど、どういう意味ですか?」

「あの男はいい仕事はするんだが、いろいろと問題があってな……その、いわゆる女性関係というやつだ。まさか私の目の前でおまえにちょっかいを出すとまで考えていなかったし、おまえもあいつの誘いを断ったようだから放っておいたんだが、余計なことを吹き込んでいるとは思わなかったな」

「つまり……吉野先生がおっしゃっていたのは」

「なにを言われたかは知らんが、嘘《うそ》だ。ああ、嘘と言うよりはあいつ自身のことと言った方が正しいかもしれんな」

「そ、そんな……」

　咲希は信じられない気持ちで東條を見つめた。

　考えてみれば、自分だって最初は吉野の話を疑ったのだ。あの懇親会の夜、東條と言い争っているうちに、なにか東條を非難する理由が欲しくて、いつの間にか吉野の噂話《うわさばなし》を受け入れてしまった。

「誤解は解けたかな？」

　にっこりと笑いかけられて、咲希は愛川サラのことを思い出した。

「吉野先生のお話だけじゃありません。東條さんは人気モデルの愛川サラさんとお付き合いされてるんですよ。実際二人でうちのお店にもいらして、とっても仲が良さそうでした」

咲希が早口で祖父に訴えると、今度は東條が噴き出した。

「な、なにがおかしいんですか！　だって、二人で腕を組んで歩いてたじゃないですか！　それって、特別な……間柄だから……」

自分で言い出したことなのに〝特別な間柄〟という言い回しに、胸がチクリと痛む。

「彼女はお客様のお嬢さんだよ」

「え？」

「僕が仕事でお世話になっている病院長のお嬢さん。あまり大きな声では言えないけれど、ああいう派手な世界にいるから、おかしな男につきまとわれたり、変な噂を立てられることが多いんだ。院長に変な男につきまとわれているから、彼女をエスコートしてそれらしく振る舞って追い払って欲しいと頼まれたんだよ」

「……」

まだ納得していないという顔の咲希を見て、東條は困ったように肩をすくめた。

「おじいさまも知っているでしょう？　愛野クリニックのお嬢さん」

その言葉に祖父が力強く頷いた。

「まさか咲希さんに誤解されるとは思わなかったけれど、君がそこまで怒るってことは、少しは期待してもいいのかな？」

「……っ！」

つまり、東條と祖父の話が正しければ、自分は勝手に誤解をして、勝手に東條のことを疑っていたということになる。

「他に君が心配していることは？　それ以外に僕のことを拒む理由があるなら教えて欲しいな」

「……！」

この状況でどう答えろというのだろう。祖父の前で白旗を揚げるのも悔しいし、それならいっそ彼の顔を張り飛ばしてこの部屋を出て行った方が、気持ちがいいかもしれない。

咲希がそんな不遜なことを考えたときだった。

「まったく、おまえは女心というものがわかっておらんな。私が目の前にいたら答えられるものも答えられないだろうが」

祖父があきれ顔で言った。

咲希が同意するように頷くと、東條は小さなため息を漏らした。

「僕はおじいさまにもお許しがいただきたくてお話ししたんですよ。そんな言い方をされたら、僕にデリカシーがないみたいじゃないですか」

「デリカシーがあろうがなかろうが、咲希だって考える時間が欲しいだろう」

たしなめるような祖父の言葉に、東條は首を傾げた。

「僕は一度それで失敗してるんですよね。咲希さんにゆっくり考えて欲しいと思っていたんですが、逃げられました」

「に、逃げてなんて……」

「じゃあ、今日は僕の話を聞いてくれる？」

「……」

咲希は仕方なく、小さく頷くしかなかった。

「よかった」

そう言いながら、東條が咲希の手首を摑《つか》む。

「おじいさま、申しわけありませんが、僕たちはこれで失礼させていただきます。結果はまた日を改めてお知らせいたしますので。ああ、期待してくださって結構ですよ」

言い終わるか終わらないうちに、咲希は東條に半ば引きずられるように居間から連れ出されていた。

「ちょ、ちょっと、まって……！」

「拓海様⁉」

「何事ですか……咲希様？」

せめてもの抵抗で咲希が上げた声と、その騒動に驚いた佐伯や近藤の声が交差する。その騒ぎの中、東條だけが涼しい顔で屋敷の中を足早に通り抜けて、咲希を自分の車に押し込んでしまった。

chap. 13 世界を敵にまわしても

連れて行かれたのは祖父の屋敷からそう離れていないマンションだった。

マンションと言っても咲希の家の近所にあるような、庶民的なファミリー向けのマンションではない。

東條に手を引かれるまま足を踏み入れたエントランスは吹き抜けのロビーで、広々とした空間にはホテルのティールームのようにソファーなどが設置されている。

フロントのようなカウンターも設置されていて、その中には制服を身につけた若い女性とそれより少し年上の男性が控えていた。

咲希が圧倒されながらそのエントランスの吹き抜けを見上げていると、男性の方が東條に向かって歩み寄ってきた。

「東條様、おかえりなさいませ」

「ただいま」

東條はそう答えると、当然のように差し出された手に車のキーを置いた。

「お預かりいたします」

男性が恭しく頭を下げるのを確認して、東條は咲希の背中を押す。

「行こう」

「あ、はい……」

当然のように交わされるやりとりに、咲希は内心圧倒されていた。

一流ホテルなどで行われているバレーサービスと同じで、あの男性が東條の車を駐車場まで運んでくれるのだろう。

案内されたのは高層階の一室で、玄関に置かれた靴を見る限りは、東條が一人で住んでいる部屋のようだ。横浜の自宅とは別に借りている部屋なのだろうか。

考えてみれば祖父が関係すること以外では、東條のことは知らないことばかりだ。

「ここは、平日用のマンション。仕事が遅くなると毎日横浜まで帰るのは面倒なんだ。だからウィークデーの半分以上はここに帰ってきてる。少し狭いけれど、シャワーを浴びて寝るだけの部屋だからね」

東條は狭いと言ったけれど、見た限りリビングに開いた扉の向こうには広いベッドルームが見える。リビングだけで咲希の部屋が二つ三つは軽く入る広さで、一人暮らしには贅《ぜい》沢《たく》な部屋だった。

藤原や東條の実家を見れば納得できるけれど、やはりお金持ちの人たちの感覚は、自分たちとはかなり違うらしい。

あっけにとられながら、部屋の中を見回していたときだった。後ろから手が伸びてきて、気がつくと背中から東條に抱きしめられていた。

「あ……は、放してください……っ」

咲希が真っ赤になってその腕の中から抜け出そうともがくと、くるりと向きを変えられ正面から抱きしめ直されてしまう。

「や……ダメです」

「どうして？　もうその件は解決したと思っていたんだけど」

伸びてきた手が顎を優しくすくい上げ、上向かされる。

「ほら、君の唇は早く僕にキスをして欲しいって言ってるよ」

東條の癖なのだろうか。空中庭園での夜のように、指先が優しく唇のラインをなぞる。

背中から這《は》い上がってくるしびれに、咲希は身体を震わせた。

「ん……っ」

小さく唇から漏れた声に、東條の唇の端が少しあがったような気がした。

「僕との情事は一度で満足できた？　まだ君が知らないこともたくさんあると思うけど」

「な……っ」

今すぐベッドに押し倒されそうな台詞に、自然と咲希の頬が赤くなる。

「ま、まって！　私あなたと結婚するなんて……」

「まだそんなこと言ってるの？　僕のことが嫌い？」

東條は片手を咲希の顔に添えると、誘うように目の中を覗《のぞ》き込む。その熱っぽい視線に、咲希は小さく身動ぎした。

「それとも、君は好きでもない男に初めてを捧《ささ》げたかった？」

「……えっ⁉」

言葉の意味を理解して、頭の中が真っ白になる。もしかして、東條は気づいていたのだろうか。

「あの夜、君は初めてだったのを黙っていただろ？」

「あ、あの……」

「言ってくれれば、もっと優しくしてあげたのに。あとで気づいて、さっと君に怖い思いをさせてしまったと思って後悔したんだ。だからしばらくは気をつけていたつもりなんだけど……僕が我慢している間に、君は次から次へと男を引きつけて僕のことなんて忘れてしまったみたいだったね。しかも誰でもよかったなんて言われるとは思わなかった」

それではまるで男性を玩ぶ悪女のようだ。祖父の紹介で何人かの男性と話をした、ただそれだけなのに。

それに東條に初めてだったことを知られていたのも恥ずかしかった。経験豊富な彼から見たら、咲希の子どもっぽい見栄などすぐに気づいてしまったのだろう。

「とにかく、もう待つのはやめたんだ。もうそろそろ、君も僕が欲しいと思ってくれているだろ？」

手が顎に添えられたまま、親指だけが咲希の唇を撫《な》でる。ただそれだけの仕草なのに、身体があのときの快感を思いだしてしまう。

誘うように揺れる唇にキスして欲しい。くらくらとめまいを起こしそうな誘惑から目をそむけたいのに、顎をとらえた手がそれを許してくれなかった。

「だって……私は東條さんが……」

「僕が？」

「私なんて、本気で相手にしてくれるとは思わなかった。親戚同士だし、血の繋がった人相手に好きなんて言ったら、気持ち悪いって思われるんじゃないかって……」

「僕がそう言うと思った？」

「ううん。東條さんじゃなくて、周りの人がそう思って、おじいさまや東條さんを悪く言うかもしれないじゃないですか。私は元々この家の人間じゃないし、なにを言われても顔を合わせることなんてないけど、二人はそんなわけにいかないでしょう？」

頬や顎に触れていた手の力が緩み、咲希はホッとしてうつむいた。あまりにも東條がジッと見つめてくるから、恥ずかしさにのぼせてしまいそうだったのだ。

「自分のことは？」

「え？」

東條の言葉に、咲希は再びその顔を見上げる。

「また、君は自分のことよりおじいさまや僕の心配をするんだね。初めておじいさまの家に連れて行ったときもそうだったよね。おじいさまの心配ばかりして、自分を責めていた」

「あれは本当に私が悪かったから……」

「君の素直な部分の気持ちはどうなの？　やっぱり僕とは結婚したくないって言ってるの？」

「そ、それは……」

自分の気持ちは確認するまでもない。本当は東條のそばにいて、ずっと抱きしめられていたい。

祖父の前で東條にプロポーズをされたとき、驚いて断ろうとしたけれど、本当は飛び上がってしまいそうなほど嬉《うれ》しい気持ちもあったのだ。今ならそれを口にしてもいいのだろうか。

「私……」

喘《あえ》ぐように東條を見上げる。

「東條さんにプロポーズされて、嬉しかったの。でも私にそんな資格ないし……」

そこまで言いかけて言葉を遮られる。乱暴に唇を押しつけられたのだ。

「ん、ん……っ」

頭では抵抗したいと思っているのに、キスの甘美な記憶が身体の中に染みついていてそれを許さない。

キスで咲希の呼吸が乱れたところを見計らって解放される。足元が覚束なくなった咲希は、自然とその胸にもたれかかるしかなかった。

「は……ぁっ」

東條は優しく咲希の身体を抱き寄せると、その手で髪を梳《す》く。

「知ってる？　初めて会ったときから、僕は君を手に入れたくて仕方がなかったんだ。君が僕のハトコでおじいさまの孫であると知っていたのにね。もし誰かを悪者にしなければならないとしたら僕だよ」

「……」

甘い言葉と包み込むような体温。どうして自分は東條のことをこんなに抗おうとしているのだろうと思ってしまうほど、咲希の心を刺激してくる。

気づくと咲希はその甘い囁《ささや》きにうっとりとその顔を見上げていた。

「でもね、君にさよならを言われる以上に怖いことなんてないんだ。実際この間の夜はかなり堪えたんだ。もしかしたら、君を失ってしまうんじゃないかって考えたら、どうしていいのかわからなくなった」

「東條さん……」

それ以上言葉が出てこない。東條がそんなふうに考えてくれたことに驚きを覚えて、それから今までの自分の態度が恥ずかしくなった。

「君の心配ごとの原因はわかっているつもりだ。君のことは全力で僕が守るよ。たとえ世界を……おじいさまを敵に回したとしてもね」

最後の言葉に二人は知らず笑みを交わしていた。

もうこれ以上彼を拒む理由など思い浮かばない。咲希は背伸びをして自分から東條の唇に自分のそれを寄せた。

「咲希」

「今まで……ごめんなさい。私も、初めて会った時から東條さんのことを素敵な人だって思ってたの。でも、おじいさまのために私に優しくしているんじゃないかって、ずっと不安だった。それに東條さんはステキな人だから、きっと私以外にもお似合いな女性がたくさんいるんじゃないかって」

「そんなことを考えてたの？」

咲希がこくりと頷《うなず》くと、東條は咲希の身体を抱く手に力を込めた。

「かなり必死で君にアプローチしてきたつもりだったけど、君はただの親切だと思ってたわけだ」

咲希は自分の浅はかな考えが恥ずかしくて、隠すように東條の胸に顔を埋めた。

こうしていると、今まで悩んでいたり疑っていたことなど全部なかったことのようだ。

「好き。ずっと……東條さんの側にいたい」

咲希の小さなつぶやきに、東條の唇から息が漏れた。

「咲希……もう我慢できそうにない。君を……抱いてもいい？」

東條らしくない切羽詰まったストレートな言葉に咲希は一瞬赤くなり、それから小さく頷いた。

chap.14 永遠を誓って

東條に抱き上げられ寝室に連れて行かれた咲希は、すぐに唇を奪われて、気づくとベッドの上で服を脱がされていた。

頭の芯まで溶けてしまいそうな舌を絡め合うキス、それに熱い手に身体を撫《な》でられて、咲希は自分がなにをされているのかもよくわからなかった。

背中に回された手がブラのホックを外して、唇を重ねたまま二人でベッドの上に倒れ込んだ。

「はぁ……んんっ」

胸の膨らみの上でツンと立ち上がった乳首が東條の白いシャツに擦れて、甘い痺《しび》れが咲希の身体に広がっていく。

東條の手は柔らかな丸みをすくい上げ、唇に硬くなった頂を含む。

「あ……んんっ！」

唇でチュッと吸い上げたり、舌先で焦らすように優しく舐《な》められるたびにその場所が火傷でもしたかのようにジンジンする。その痛みのような快感は少しずつ、でも確実に咲希の身体の熱を上げた。

「もうこんなに硬くなってるよ」

咲希の羞恥心をあおるように東條が囁《ささや》き、更にねっとりと舌で乳首を舐めあげられ、咲希はシーツの上で身を捩《よじ》った。

「あ、や……っ、そんなに、しない……でっ」

「……痛い？」

気遣うように見上げられ、咲希は羞恥心でいっぱいになった。

「も、恥ずかしい、から……」

東條に触れられるのは嬉《うれ》しいけれど、こんなふうに甘い声を上げて身悶《みもだ》える様子を東條に見せるのはまだ恥ずかしい。というより、一生慣れない気がする。

「僕は咲希が気持ちよくなってくれるのが嬉しいんだけど」

そう言いながら、東條は咲希の唇に自分のそれを重ねた。

いつの間にか咲希の唇は東條を受け入れることに慣れていて、すぐにその舌を口腔《こうこう》に迎え入れる。

「ん、ふぅ……っ、はぁ……ン」

愛撫《あいぶ》のせいで身体が敏感になったのか、舌までも感じやすくなったようで、お互いの舌を絡め合っているだけなのに、お腹の奥の方が脈打ってくる。まるで早く東條に触れて欲しいと言っているようで、咲希は東條の身体の下で知らず腰をもじもじと揺らしていた。

「咲希」

名前を呼ばれるだけで、嬉しくて胸が踊るということに東條は気づいているだろうか。

胸の頂を愛撫していた手が素肌を撫でて、足の付け根にもぐり込む。ショーツはすでにしっとりと濡《ぬ》れていて、咲希は少し前からその感触を不快に思っていた。

指先が、まるで咲希の形を確認するようにショーツの上を往復する。

「んぁ……や……」

焦らすような愛撫がもどかしくてシーツを蹴ると、その足首を摑《つか》まれ優しく濡れたショーツを引き抜かれた。

恥ずかしさに膝を閉じようとしたけれど、その前に足の間には東條の身体が滑り込んでいて、

「あ……」

そう思ったときには、足の付け根に東條の顔が埋められていた。

すぐに厚みのある舌が擦り付けられ、その強い刺激に咲希の唇から悲鳴が漏れる。

「ひ……あぁっ」

痛いぐらいの刺激が身体を駆け抜けて、奥の方からジュンと蜜が流れ出すのが自分でもわかる。

この間と違うのは自分がなにをされているのか、これからどうなってしまうのかがわかっていることかもしれない。

「ああ、どんどん溢《あふ》れてくる」

東條にも気づかれてしまうほど、敏感になっている身体が恥ずかしい。それでも花びらの奥の突起を舌先が突くたびに、内腿《うちもも》が引きつるように震えて腰を淫らに揺らしてしまうのだ。

「あ……ああ……っ」

柔らかな粘膜は敏感で、目に見えない舌のざらつきまでも感じてしまう。

「や、あ……っ。そ、そんなとこ、舐めな……でっ……ん」

ビクビクと身悶えしながら、涙を浮かべて東條にすがるように目を向けた。

東條は優しい。自分がいやがることはしないはずだ。

でも咲希の期待とは裏腹に、攻めの手が緩むことはなく、更に激しくなる。

止めどなく溢れる蜜と一緒に、花びらごと口に含まれなめ回される。舌先が花びらを割り開いて、赤く腫れ上がった粒を転がした。

「あっ、ああっ！　やぁ……あ、ああ……！」

強い刺激が咲希を快楽の頂点に押し上げる。

足がガクガクとして、背筋にまで痺れが駆け抜ける覚えのある快感に、咲希はギュッと目を閉じた。

「はぁ……ぅ、あ……ああ……」

弛緩《しかん》した身体の奥からとろとろとしたものが溢れ出すのを感じるのに、身体が動かない。

荒い呼吸を繰り返しているうちに、服を脱ぎ捨てた東條が咲希の隣に滑り込み、力なく横たわる身体を抱き寄せた。

「……どうしてそんな泣きそうな顔をしてるの？」

「だって……」

自分ばかりがあられもない姿や淫らに嬌声《きょうせい》をあげる姿を見せているのだ。

東條は羞恥に顔を隠そうとする咲希を抱き起こすと、自分の上を跨《また》ぐように向かい合わせに座らせた。

「や……こんなカッコ……」

目の前に迫った東條の顔から視線をそらすと、目の前にそそり立った雄芯が飛び込んでくる。

「……っ！」

この間の夜は直接目にしなかった生々しさに、身体がキュンと痛くなる。それは怖いというよりはこれから起こることへの期待で、それに気づいた咲希は更に恥ずかしくなった。

「さっきからずっと泣きそうな顔をしてる」

東條の唇が眦《まなじり》に押しつけられて、その心地よさに咲希は目を閉じる。唇だけでなく顔中に唇が触れてきて、咲希は自然とその首に両手を絡めた。

「おいで」

東條が咲希のウエストを抱き上げて、膝立ちにさせる。

「あ……ダ、ダメ……」

この体勢がどんなことになるのか気づいた咲希は、怯《おび》えたように身体を硬くした。この格好で東條を受け入れたら、さっきのような淫らな顔を間近で見られてしまう。

「恥ずかしい、から……」

「どうして？　僕らは夫婦になるんだし、結婚したらこういうことを毎日することになるんだから慣れてもらわないとね」

「ま、毎日……って」

言い聞かせるような東條の口調に、咲希はまた真っ赤になった。

「ゆっくりするから大丈夫だよ」

優しく腰を引き下ろされ、蜜口に熱く硬いものが触れる。

「あ……」

溢れた蜜をなじませるように雄芯の先が擦り付けられ、愛撫で解れた花びらや赤く熟れた粒を刺激していく。

「んぅ……っ、あ、や……ん」

何度も腰を上下に揺さぶられ、花びらの周りを雄芯が往復する。咲希は快感に溺れる顔を見られたくなくて、東條の身体にすがりついた。

「ほら、自分で腰を落としてごらん」

先ほどよりも強く蜜口に熱を押しつけられ、咲希の身体がはしたなく期待に震える。

「あぁ……」

気づくと、もっと身体の深いところで東條を感じたくて仕方がない。咲希は東條の首にしがみついたまま、自分から東條を受け入れた。

「は……んん……んっ」

多少の痛みがあると思っていたのに、咲希の身体はたやすく東條の熱を半分ほど飲み込んでしまう。

自分の濡れた粘膜が硬いものに押し開かれる感触に不安を覚えて、無意識に頭を横に振る。

「どうしたの？　上手だよ？」

「や……もぉ……いっぱい、だから」

きっとこれ以上深く沈んだら、淫らな悲鳴を上げて、東條に痴態をさらしてしまう。それだけは避けたかった。

「そんなことないよ。この間の夜はもっと奥まで僕のことを受け入れていたじゃないか」

「そんなの……覚えてない……」

中途半端な格好で動きを止めているせいか、太股がプルプルと震えて、これ以上耐えられそうにない。

限界を感じた咲希が東條の上からおりようとしたときだった。

優しく添えられていた手に力がこもり、乱暴に腰を引き下ろされてしまった。

「ひゃぁ……ああっ!!」

味わったことのない強い衝撃に、悲鳴が漏れる。お腹の奥の深いところに硬いものが当たり、更に全身に衝撃が駆け抜けた。

「は、や……だめぇ……っ」

あまりにも強い刺激に逃げだそうとする咲希に、東條は容赦なく腰を押しつける。身体の奥で確かに東條の熱がドクドクと脈打って、大きな塊は奥深くこれ以上隙間もないほど咲希の中を満たしていた。

「あ……まって……は、ああっ……」

「そんなに気持ちいいの？　蕩《とろ》けそうな顔をしてるよ」

小さく身体を揺すり上げられて、咲希は慌てて広い胸にしがみついた。

「だめ、まだ……動いちゃ……や……あっ」

「もしかして、まだ痛む？」

赤くなった目の縁に、気遣うように唇が押しつけられて、咲希は首を横に振る。

「へ、き……」

「そうしていると、まるで小さな女の子みたいだね。カワイイ」

あやすように繰り返しキスをされ、咲希の緊張が少しずつ解れていく。優しく背中を上下する大きな手は、時折ヒップのあたりまで滑り落ちる。

指先で滑らかな素肌をくすぐったり、いたずらをするようにヒップの丸みを強く摑む。そのたびに別の快感が生まれはじめ、咲希は知らず身体を揺らし始めていた。

クチュン。咲希が身体を揺らすたびに、二人が繋がり合った部分からはしたない水音が聞こえてくる。

「……んっ、んん……っぅ」

これ以上触らないで。そう伝えたいのにいつの間にかキスは舌を絡め合うような深いものに変わっていて、言葉を発する隙がない。

それどころか、咲希の身体の揺れに合わせるように、東條は深い挿入のまま腰だけを大きく押し回した。

「ひ……ぁああ……んぅ、や、やぁ……ン！」

無理矢理広げられたその場所から新たな蜜が流れ落ち、二人の接合部分を濡らしていく。

次第に東條の動きが大胆になり、咲希の柔腰を摑んで上下に揺さぶり始めた。

「いやぁ……そんなに、突いたら……あ、ああぅ……っン」

引き抜かれたかと思うと、一瞬空洞になったその場所に、容赦なく熱が穿《うが》たれる。

全身の血が沸騰してしまったのではないかと思うほど身体が熱い。

「あっ、あっ、ああっ!!　だめ、こんなに……ああっ！」

気づくと額だけでなく、お互いの身体のあちこちで汗が滲《にじ》んで、そのむせかえるような熱に目の前が真っ暗になりそうだ。

「もぉ……や……あ、あぁっ」

「君が何度でも僕に抱かれたいと思ってくれるように頑張らないと。また誰でもいいなんて言われたら困るからね」

耳元で囁きながら、咲希を何度も揺すり上げる。以前咲希が東條にぶつけた言葉を揶揄《やゆ》しているのだろう。

本当は東條が初めての男性で、それ以外他の誰も、咲希に触れたことなどないと知っているのに。

東條の律動は少しずつ激しくなり、呼吸も乱れている。咲希はせめて嵐が通り過ぎるまで振り落とされないように、しっかりと東條の身体にしがみついているしかなかった。

「……咲希、愛しているよ」

最後にそう囁かれ、咲希は自分の中で弾けた熱に、全身からすべての力が抜け落ちていくのを感じた。

いつまでも目覚めたくない。ぬくもりに包まれながら、咲希はぼんやりとそんなことを考えた。

少しずつ頭の中がはっきりとしてきて、目を閉じたままでも、それが自分よりも少し高い東條の体温だと気づく。

「ん……」

小さく身じろぎすると、長い指がこめかみに触れ、どうやら顔にかかった髪をはらったらしい。

「……東條さん？」

一瞬瞼《まぶた》をあげて東條の顔をとらえると、咲希はホッとして再び瞼を閉じた。

本当は彼に話しかけたいけれど、まだ頭が朦朧《もうろう》としていたし、身体も節々が痛みを訴えていて、できればもう少し眠っていたい気分だった。

東條はそんな咲希に気づいているのか、なにも言わず大きな手で優しく髪を撫で続ける。

少しずつ覚醒してきた頭で、咲希はこれからのことを思い浮かべて瞼を上げた。

「おはよう」

東條は微笑んで咲希の唇にチュッと音を立ててキスをした。

「おはようございます」

好きな人の側で目覚めるというのは、それだけで幸せな気分になれる。

咲希も東條に笑みを返すと、さっきぼんやりとした頭で考えていた心配事を口にした。

「あのぅ……おじいさまのことなんですけど」

「なに？」

「吉野先生が、おじいさまの手術は勧めないっておっしゃっていたんです。でも東條さんは手術をした方がいいって言っていたでしょ？」

「吉野君と意見は違うけれど、僕はおじいさまの体力なら十分手術に耐えられると思っているし、その方が安心だと思う」

東條はそう答えると咲希を見つめながらがっかりしたように言った。

「やっと恋人同士になれたと思ったら、目覚めて一番初めに口にするのがおじいさまのことだなんて、少し妬けるな。ずっと焦らされて、まだプロポーズの返事をもらえない僕のことも考えて欲しいんだけど」

「じ、焦らしてなんか……」

プロポーズという言葉に、咲希の頬がうっすらと赤くなる。そんな咲希のようすを満足そうに見つめると、東條はしばらく考え込んでから口を開いた。

「僕にいいアイディアがある。咲希が協力してくれれば、おじいさまに手術を受けさせることができると思うけど」

「ホント⁉」

「ああ。僕にもおじいさまにとっても、いい結果になると思うよ」

「……ありがとう」

どんなアイディアかはわからなくても、東條の考えたことならきっとうまくいくはずだ。

咲希がホッとして東條に身を寄せると、優しく抱き返される。そのぬくもりに身を任せながら、咲希はそっと目を閉じた。

これで、なにもかもきっとうまくいくと思った。

chap. 15 ずっとあなたのシンデレラ

「だから、式をするなら早いほうがいいと言っているんだ！」

廊下まで響くような祖父の声と一緒に、カシャンとティーカップが音を立てる。

怒鳴り声にもすっかり慣れてしまった咲希は、カップを置いた拍子に中身が零れたソーサーに手を伸ばした。

「おじいさま、落ち着いてください。別に式を挙げないなんて言ってないじゃないですか。ただ、まだいつにするのか決めてないって言っただけです」

「じゃあ今すぐ決めなさい！　私の目の黒いうちに……」

「もう、縁起でもないこと言わないでください！」

咲希が珍しくぴしゃりと言い切ると、まるで狙ったように扉が開いて、東條が部屋の中に入ってきた。

「どうしたの、大きな声なんて出して。廊下にまで聞こえているよ」

そう言った東條の手には花瓶があって、新鮮な花で満たされている。

「どうかな？　センスがないから、本当に花瓶に挿してきただけだけど」

笑いながらテーブルの上に花瓶を置くと、そのままあいているイスに腰掛けた。

「センスがないなんて大袈裟ですよ。それにとっても素敵。拓海さんも、紅茶でいいですか？」

「うん、ありがとう」

咲希は祖父のためにも新しい紅茶を淹《い》れ直して、二人の前にカップを置いた。

「それで？　どうして咲希は大きな声なんか出したりしたの？」

「大きな声って……」

面白がるような東條の表情に、咲希は顔を赤くした。

「おじいさまが縁起でもないことをおっしゃるから、つい……」

「私は、おまえたちが式を挙げないと言うから怒っただけだ」

「だから式を挙げないなんて言ってないじゃないですか。ちゃんと話を……」

また堂々巡りになりそうな会話に、東條が苦笑いを漏らす。

「おじいさま、僕たちはおじいさまが反対したとしても結婚しますから心配しないでください。咲希はおじいさまの体調が落ち着いたらきちんとしたいと思っているんですよ」

「私の体調なら今も落ち着いている。なんの問題もないぞ」

「違いますよ。手術のことです」

東條はその先を促すように、ちらりと咲希に視線を流した。

「おじいさまが手術を受けてくださるなら、私も式を挙げて……その、藤原の孫としておじいさまのお世話をさせていただきたいと思っています」

「……本当か？」

祖父の言葉に、咲希は大きく頷《うなず》いて見せた。

それは咲希がずっと考えてきたことだった。育ててくれた叔母や叔父と縁を切るつもりはないけれど、祖父のそばにいることもできるはずだ。

「手術が終わったらですよ？　元気なおじいさまが出席してくださらないなら式なんてしませんから……ちゃんと手術を受けるって、約束してくださいますか？」

上目遣いで探るように見上げると、祖父は言葉こそないものの、何度も頷いていて、咲希はホッと胸を撫《な》で下ろした。

実は、これは東條が考えた祖父に手術を勧めるための作戦だった。

自分が勧めても祖父が頷くとは思えないから、今や目に入れても痛くないほど可愛がっている咲希に説得させようと考えたのだ。

「わかった」

すんなりと祖父が頷いたことが嬉《うれ》しくて、咲希が東條に笑顔を向けたときだった。

「ちゃんと手術は受ける。その代わり、おまえたちも平行して式の準備を始めること。それが条件だ」

「え？」

祖父を言いくるめたつもりだったのに、逆に条件をつけられてしまったことに、咲希は苦笑いを浮かべた。やはり一筋縄ではいかない人らしい。

「あの手術なら、いくら私が老いぼれでも術後二週間もあれば退院できるだろう。今から準備をすれば、おまえたちも来月にはお披露目ぐらいできるんじゃないか」

その言葉に咲希は慌てて腰を浮かせる。

「おじいさま!? ちょっと待ってください。そ、それは早すぎますよ!!」

まだ東條と結婚を前提に付き合おうと話し合っただけで、具体的な話はなにもしていないのだ。それにもう少し恋人期間というものを楽しむ余裕があってもいいのではないだろうか。

「正式な式はしっかり準備をしてすればいい。とりあえず身内だけのお披露目はしてもらわんと困る」

「そんな……」

頑として譲るつもりのない祖父に咲希は途方に暮れた。いつもなら助け船を出してくれるはずの東條も、なぜかだんまりを決め込み、祖父と咲希のやりとりを見守っている。

「おまえたちだって交換条件を出してきているんだから、私の条件を飲まないとおかしいだろう」

「でも、私たちはおじいさまの身体のことを考えて……」

「私はおまえの花嫁姿を見られないなら長生きしても仕方がない」

「おじいさま……」

そう言われてしまったら、もうこれ以上咲希に返す言葉はない。シュンとうつむいてしまった咲希に、東條がやっと救いの手を差し伸べた。

「じゃあ仕方がないですね。おじいさまの退院祝いと僕らのお披露目パーティーを一緒にするというのでいかがですか？」

てっきり祖父を説得してくれるものだと思っていた東條が、打ち合わせになかったことを口にした。

「た、拓海さん⁉」

「内輪だけというなら、会場はこちらのお屋敷でいいですよね？　招待客はうちの親戚筋と咲希さんのご家族でいいですか？」

「うん、あとはこの機会に病院関係者にも声をかけよう。その辺の選別はおまえに任せる。まあうちの屋敷に入りきるぐらいの人数にしてくれ」

「承知しました。では、すぐにリストを作成しますから確認してください」

「ちょ、ちょっと‼」

まるで打ち合わせでもしていたかのように、祖父と東條が話を進めていく。もしかして、自分は東條にはめられてしまったのだろうか。

その証拠に、一瞬だけ咲希を見つめた東條の目には、なにか企んでいるような光がひらめいたのだ。

祖父がせっかく手術に乗り気になったのに、咲希がここで異を唱えるわけにはいかない。元々、祖父に元気になってもらうのが咲希の希望で、東條はそれを叶《かな》えてくれようとしている。お披露目話はそれに便乗しただけだと、彼ならきっとそう言い訳するはずだ。

あとで二人きりになったら、必ず文句を言おう。なんでも自分の思い通りになると思ったら大間違いだと、今のうちに覚えてもらわないといけない。

きっと東條は咲希の機嫌をとって目一杯甘い言葉を囁《ささや》いてくれるだろう。自分は満更でもない顔で、その謝罪を聞き入れるのも悪くない。

咲希の機嫌を取るときの東條のキスはいつも甘くて極上の気持ちにさせてくれる。

東條と祖父のやりとりに耳を傾けながら、咲希はその時間を想像して待ち遠しくなった。

あとがき

蜜夢文庫でははじめましてとなります。水城のあです。

本書をお手にとっていただきありがとうございます！　お楽しみいただけましたでしょうか。（ドキドキ）

今回の舞台はお花屋さん。一番最初にぼんやりとしたストーリーを考えたときは、ヒロインの咲希ちゃん、フラワーアレンジメント教室の先生でした。
でも東條との出会いのきっかけが作りにくくて、お花屋さんになりました。咲希の人となりを調べるために、東條がプリザーブドフラワーとか習いに来たら怖いですよね（笑）
東條の職業はお友達のお医者様からヒントをいただきました。優秀なドクターはそういうコンサルタントの方からヘッドハンティングとかあるんですって！
東條だったら、あの雰囲気で断ろうとしている人も言いくるめて、移籍とかさせちゃってそう。咲希にはベタ甘ですが、きっと仕事ではシビアで嫌なヤツだと思います。

表紙と挿絵は電子書籍版の時と同じく、羽柴みず先生に描いていただきました。このあとがきを書いている時点で、すでに文庫版の表紙の見本は見せていただいているんですが、すっごく繊細で綺麗！　そしてエロイ!!（笑）
挿絵もすごいことになっていると思いますので、ぜひそちらもお楽しみくださいね。
羽柴先生、素敵なイラストをありがとうございました!!

そして、いつも書く書く詐欺に引っかかっている担当様……今回もすみませんでした（涙）
最初にプロット出したのって一昨年だったでしょうか（汗）
次作こそはお待たせすることなく頑張りますので、よろしくお付き合いくださいませ。

最後にもう一度。
本書をお手にとっていただいて、本当にありがとうございました！
書くペースが遅いので中々お目にかかれませんが、また別の作品もお手にとっていただけたら嬉しいです！

水城のあ

本書は、電子書籍レーベル「らぶドロップス」より発売された電子書籍を元に、加筆・修正したものです。

あなたのシンデレラ
若社長の強引なエスコート

２０１６年９月２８日　初版第一刷発行

著……水城のあ
画……羽柴みず
編集……パブリッシングリンク
ブックデザイン……百足屋ユウコ＋しおざわりな（ムシカゴグラフィクス）
本文ＤＴＰ……ＩＤＲ

発行人……後藤明信
発行……株式会社竹書房
〒102－0072　東京都千代田区飯田橋２－７－３
電話　03－3264－1576（代表）
03－3234－6208（編集）
http://www.takeshobo.co.jp
印刷・製本……中央精版印刷株式会社

ISBN978-4-8019-0859-8　C0193
Printed in JAPAN